빛과　　　사랑의　　　언어

빛과　　　사랑의　　　언어

빛과 사랑의 언어

한강의 문학을 읽는다

한기욱 엮음

창비

한강 작가가 노벨 문학상을 수상한 지 1년이 되었다. 그간 한강의 문학에 관한 토론이 없진 않았으나, 12·3 계엄을 당한 한국민들은 내란 세력과 싸우느라 노벨상 수상의 감격을 충분히 누리지 못했다. 현실의 고난 속에도 일부 시민들은 내란 세력을 탄핵하는 '빛의 광장'에 한강의 『소년이 온다』를 들고 나갔다. 계엄으로 시작된 5·18 광주의 비극이 되풀이되도록 가만히 있지 않겠다는 결연한 의지였다. 소설이 거리로 나와 살아 있는 현실이 되었던 것이다. 그렇기에 한강의 노벨 문학상 수상은 파란의 근현대를 살아낸 한국인들과 한국문학에 그야말로 기념비적인 사건이다. 그런데 우리는 그간 한강의 작품들을 어떤 방식으로 읽어왔는가? 어떻게 하면 그의 작품세계를 깊이 있게 들여다볼 수 있는가? 이제 한강의 다양한 작품 각각을 면밀하게 읽으면서 그 작품들의 어떤 면이 독창적인 언어예술인지, 어떤 부분이 세계문학의 지평에서도 출중한지 생각할 시간이다. 이 지점에서 다수 독자와 평론가가 참여하는 문학적 논의와 비평적 대화가 필수 불가결해진다. 한강의 노벨 문학상 수상 1주년을 기념하여 이 평론 모음집을 마련한 연유이다.

뛰어난 문학작품이 무엇인가를 한마디로 정의하긴 어렵지만, 한가지 특징은 온갖 종류의 도식과 상투를 거부하는 것이 아닐지 싶다. 한강의 작품은 아무리 정당하게 보이는 것일지라도 시류와 도식에 대한 거부감이 유난하거니와 작품마다 새로운 질문을 던지고 새로운 형식을 창출하고자 분투한다. 도식을 거부하는 질문은 양방향으로 뻗어나간다. 한강은 사유와 감각의 주체인 한 개인만이 아니라 그 개인이 속한 가족과 공동체, 함께 살아가는 인간뿐 아니라 동식물을 포함한 자연 만물을 향해서도 범상찮은 질문을 멈추지 않는다. 이런 물음은 심지어 생과 사의 경계, 시공간적인 한계마저 넘나든다. 그런 만큼 한강의 작품들을 이해하는 데는 그 텍스트들을 직조한 언어예술과 더불어 특정한 개인과 사회현실, 그리고 공동체의 역사에 대한 세심하고 구체적인 읽기가 요긴하다.

1993년 시로, 1994년 소설로 등단한 한강은 30여년에 걸쳐 장편소설 여덟권과 소설집 세권, 시집 한권을 출간하는 등 상당수의 밀도 높은 작품들을 발표했다. 기존의 삶과 문학에 대한 도저한 질문을 품고 헤쳐온 길고 험난한 여정은 혁신과 파격의 연속이었다. 그런 만큼 한강의 작품들은 집필 당시 작가의 관심사와 고민에 따라 내용뿐 아니라 분위기와 정동도 달라질 수밖에 없다. 그럼에도 묘하게, 작가 자신이 밝히듯, 최근작 장편『작별하지 않는다』(2021)에 첫 장편『검은 사슴』(1998)과 연결되는 면이 있다. 요컨대 한강 작품을 전체적으로 이해하는 데는 작품별·시기별로 달라지는 점들과 아울러 그 변화된 양상에도 이어지는 면을 궁구할 필요가 있다. 그런 연속되는 면들이 한강 문학의 핵심을 이루는 요소와 관련이 있다는 생각에서 이 평론 모음집의 제목을 '빛과 사랑의 언어'로 정했다.

　제1부에 묶인 네편의 평론은 한강 작가의 노벨 문학상 수상 직후 계간『창작과비평』2024년 겨울호 특별 기획으로 꾸려졌던 '한강의 문학세계'에 수록된 글들이다. 노벨 문학상 수상 당시의 기쁨과 감동을 생생하게 전하는 동시에 작가 한강의 문학세계 전반을 깊이 있게 톺아본다.

　한기욱의「한강 소설이 우리에게 오는 방식」은 한강의 장편소설『소년이 온다』와『작별하지 않는다』를 '부름과 응답'이라는 신선한 프레임으로 해석함으로써 새로운 논의의 장으로 독자들을 이끈다. 한강은 매번 새로운 형식을 시도해온 작가이며, 두 작품 역시 사실적 재현을 넘어서는 혁신적인 방식으로 작품의 서사를 진행한다. 두 소설이 통상적인 재현주의나 애도 서사를 넘어 역사적 트라우마를 핍진하게 제시하는 동시에 과거와 현재, 죽은 자와 산 자가 부름과 응답의 방식으로 서로 연결되는 지점들을 정치하게 짚는다. 백지연의 「삶의 본모습을 찾는 '목소리'의 여정」은 한강의 소설세계를 개관하면서 『내 여자의 열매』『채식주의자』『노랑무늬영원』 등에 나타나는 상처받은 여성의 '목소리'에 주목하고, 여성을 가부장적 현실의 폭력에 희생되는 대상으로 단순화하거나 환원 불가능한 고립된 인물로 만들지 않는 점을 부각한다. 작가 고유의 서사적 전개 방식을 통해 상처 입은 인간의 연약함과 고통에 매몰되지 않고 마음을 닦고 돌보는 길고 어려운 싸움에서 타자와의 유대를 찾는 동력을 제시하고 있음을 설득력 있게 드러낸다.

송종원의 「'시적인 산문'이라는 평가에 대하여」는 한강의 시와 소설이 한국시와 연결되는 지점들을 눈썰미 있게 포착한다. 노벨 문학상 심사평에서 언급된 '시적인 산문'이라는 구절이 단순한 수사가 아님을 다양한 사례로 증명하며 한강의 소설 속 장면들과 호응하는 작가 고유의 시적 문체, 이미지 등을 통해 작품을 한층 풍성하게 읽어낸다. 한강 작가의 '시적인 산문'이 시(민)적 덕성 또는 양심이라는 차원과 연결되어 있음을 짚는 대목도 주목할 만하다. 미국에서 한국문학을 가르치는 유영주는 노벨 문학상 발표 당시의 실감 나는 현장 상황을 「소년은 오고 또 온다」를 통해 전한다. 한국문학이 세계적으로 주목받고 심도 있게 논의되는 현 상황을 흥미로운 사례와 논평으로 제시하며, 특히 언어의 장벽을 뛰어넘어 충격과 감동을 주는 한강의 장편소설 『소년이 온다』의 역사성과 현재성, 그리고 세계문학적 보편성이 한층 생생하게 다가온다.

　　제2부 「한강 작품 깊이 읽기」는 백낙청·황정아 두 평론가가 한강의 작품들을 함께 읽으며 격의 없이 나눈 비평적 대화로, 유튜브 '백낙청TV'에 방송된 내용을 바탕으로 재구성되었다. 두 평론가는 제1부의 글들을 품평하면서 각자 고유의 읽기를 선보인다. 한기욱의 글을 참조점으로 『소년이 온다』를 부름과 응답이라는 요긴한 틀로 읽으며 토론이 진행되는 한편, 감정의 강렬함이나 진정성을 진실의 증거로 삼는 센티멘털리즘을 기준으로 『작별하지 않는다』를 읽을 때 놓치게 되는 부분을 지적함으로써 이 소설이 재현의 한계를 극복한 방식을 다각도로 탐구한다. 부름과 응답의 서사에서 '누가 부르고 누가 응답하는가'를 따지면서 전개되는 심도 있는 논의, "『소년이 온다』와 『작별하지 않는다』는 주제의 연속성이 있을 뿐이지 두 작품은 사실 전혀 다른 작품"이라는 의견이 그 근거와 함께 제시되는 대목도 눈여겨볼 만하다. 특히 『작별하지 않는다』에 등장하는 자연과 우주에 대한 경이감에 주목한 논의가 중요롭다. 나아가 『채식주의자』『노랑무늬영원』 등에서 돋보이는 강렬하고 인상적인 인물들을 해석하며 통상적인 페미니즘적 해석과 어긋나는 지점을 짚고 오히려 래디컬한 구도자적 면모를 톺아보기도 한다. 이 대담을 통해 위대한 문학에는 고통을 극복하도록 돕는 치유 능력이 있음을 깨닫게 되는 한편, 한강의 작품 속에 깃들어 있는 강렬한 결의와 개벽적 면모가 새로이 두드러지며 한층 풍부한 사

유의 장이 펼쳐진다.

　　이어지는 제3부에는 한강 작가의 초기작부터 최근작에 이르기까지 소설세계 전반을 살펴보기 위해 시기별로 주목할 만한 특정 작품을 다루거나 유사한 흐름을 형성하는 작품들을 함께 논하는 평론들을 모아 소개한다. 정홍수의 「어둠 속의 빛, 고통의 시학」은 한강이 그리는 고통의 연원을 첫 장편소설 『검은 사슴』에서 찾아본다. 인간의 고통, 그리고 고통에 대해 말하기를 절실히 탐색해온 한강 작가의 고유한 방식을 논한다. 동시에 1인칭 서술자인 '인영'과 3인칭 초점화자인 '의선' '명윤' '장종욱' 등 주요 인물들 간의 타자적 거리감과 고통의 연결 가능성을 다중시점을 활용하여 표현해내는 서술 장치에 대한 흥미로운 해석을 제시한다. 『작별하지 않는다』를 정치적 돌봄이라는 관점으로 읽어낸 양경언의 「장막을 걷을 것」은 한강 작가의 작품 속 급진성을 포착하며 글의 서두를 연다. 제주 4·3이라는 '보이지 않던 것'을 '속솜'의 방식으로 이야기하는 것이 곧 생존자와 유가족이 취해온 삶의 방식이기도 하다는 통찰이 구체적 사례들과 함께 제시된다. '정심'을 중심으로 작품 속 인물들의 행위를 돌봄이라는 맥락에서 해석함으로써 학살의 역사를 사랑의 역사로 다시 쓰는 정치적 실천이자 시적 창조로 새롭게 조명하는 글이다.

　　한영인의 「세계의 폭력을 가로지르는 유토피아적 충동」은 한강 작가의 초기작 속 원인 불명의 고통을 호소하거나 유목적 충동을 드러내는 인물들을 기준점 삼아 그의 작품세계를 들여다보는 평론이다. 한강은 인간 존재의 취약성을 정직하게 응시하며 생의 근원적 조건인 고통에 대해 탐구해왔으며, 이러한 탐구가 세계의 폭력에 맞서는 내재적 탐색으로 이어진 과정을 『여수의 사랑』『내 여자의 열매』『바람이 분다, 가라』 등의 구체적인 작품들을 통해 살핀다. 한강 문학의 핵심 키워드라고 할 수 있는 '사랑'을 『희랍어 시간』과 『흰』 속에서 찾는 전기화의 「겹쳐지고 얽혀드는 사랑의 이야기」는 두 작품에 공통적으로 그려지는 기묘한 얽힘에 주목한다. 서로 다른 두 인물과 세계를 교차하는 서술 방식은 서사의 당위성을 확보하는 것은 물론 소설이 전하는 사랑이라는 주제에까지 가닿는다. 또한 일견 고요해 보이는 가운데 서서히 드러나는 역동성을 포착하며 작품을 풍성하게 읽도록 이끈다.

책의 말미에는 노벨 문학상 발표 직전 진행되었던 작가 인터뷰 「심장 속, 아주 작은 불꽃이 타고 있는 곳」을 수록한다. 기자이자 시인인 김유태가 한강 작가와 진행한 인터뷰 전문을 옮긴 것으로, 작가의 육성을 만날 수 있는 귀한 기회가 되어준다.

한강의 문학을 논하는 주목할 만한 새 평문들을 모아 한 권의 책으로 묶게 된 데는 기고자들의 노고뿐 아니라 원고 청탁과 독촉에서 교정과 편집까지 수고를 마다하지 않은 창비 문학 출판부의 박지영 차장과 곽주현 팀장의 역할이 요긴했다. 이 책

을 계기로 독자들이 한강의 문학에 더욱 충실히 다가갈 수 있다
면 편자로서는 더할 나위 없는 보람일 것이다.

2025년 10월

엮은이 한기욱

차례

제1부

한강 소설이
우리에게 오는 방식

『소년이 온다』와 『작별하지 않는다』의 경우

한기욱

韓基煜 문학평론가, 인제대 영문과 명예교수. 평론집 『문학의 새로움은 어디서 오는가』『문학의 열린 길』, 공저서 『21세기의 한반도 구상』『영미문학의 길잡이』, 역서 『우리 집에 불났어』『필경사 바틀비』『오픈 시티』『브루스 커밍스의 한국 현대사』(공역) 『미국 패권의 몰락』(공역) 등이 있음.

한강 작가의 노벨 문학상 수상은 작가 개인의 문학적 여정뿐 아니라 굴곡진 한국문학의 행로에도 뚜렷한 이정표가 될 것이다. 수상 소식을 전하는 노벨상위원회와의 인터뷰에서 한강은 "나는 한국문학과 함께 자랐다 할 수 있어요"라며 자신의 문학적 연원을 밝혔고 어떤 작가들이 가장 중요한 영감의 원천이었냐는 물음에는 "내게는 어릴 때부터 선배 작가들이 하나의 집합체였어요. 그들은 삶에서 의미를 찾는데 때론 길을 잃기도 하고 때론 결연해지기도 했지요. 그들의 모든 노력과 모든 공력이 내게는 영감이었어요"[1]라고 답했다. 선배 작가 황석영이 축하 메시지에서 언급했듯 한강의 노벨 문학상 수상은 "한국인과 한국문학이 걸어온 길 위에서 거둔 빛나는 성과"[2]

[1] "First Reactions: Han Kang, Nobel Prize in Literature 2024," Nobel Prize, 2024.10.10. 번역은 인용자.

[2] 「한강이 물길 튼 '한국 문학 세계화' 이제부터가 진짜다」, 『동아일보』 2024.10.11.

라 할 수 있다.

　　그런데 한강의 작품들이 황석영과 자신의 아버지 한승원 소설가를 포함한 '집합체'로서의 선배 세대 작가들과 사뭇 다르게 느껴지는 것도 사실이다. 이 다름을 성별·세대별 차이로 해석하려는 논의가 적잖고, 그중 페미니즘의 입장에서, 혹은 근대/탈근대 소설의 구분법에 의거해서 한국문학의 연속성보다 단절성을 부각하려는 경향도 있다. 하지만 작가의 말처럼 그의 문학은 한국문학의 창조적 계승으로 볼 필요가 있다. 위대한 전통의 문학이라도 각각의 세대는 자신의 고유한 문학사를 새로 써야 하는 차원이 있다. 세대가 바뀌면 모든 게 바뀐다는 세대론적 발상이 아니다. 앞선 세대 작가들이 이뤄낸 성취를 요긴한 예술적 자원으로 삼되, 공동체의 주요한 역사적 사건과 문학적 주제를 자기 시대의 새로운 감각과 방식으로 탐구하는 새로운 예술을 창조해야 한다는 뜻이다. 이 창조적 계승의 혁신 작업을 얼마나 성공적으로 수행하느냐에 따라 우리 문학의 미래가 달라진다.

　　한국전쟁 이래 한국문학은 4·19혁명, 5·18 광주 민주화운동, 6월혁명을 거치면서 민중적 민족문학으로서의 저력을 쌓아왔는데, 한강 세대가 작품활동을 시작하는 1990년대 전후로 여러 층위의 도전과 혼란에 직면했다. 6월혁명으로 민주화가 달성되지만 분단체제의 제약은 계속되었고, 현실사회주의권의 몰락으로 진보 진영은 한동안 이념적 혼란에 빠졌다. 1990년대 이래 세계화 물결을 타고 서구의 탈근대주의, 후기구조주의 담론 등이 밀려들어 오면서 2000년대 초반부터 언론과 평단에서는 '(근대)문학의 종언' '장편소설 쇠퇴론'이 되풀이되곤 했다.

하지만 1990년대 이래 한국문학은 쇠락 일로에 접어든 것이 아니라 상당히 인상적인 예술적 혁신을 이뤄냈다. 탈근대 문학이 유행하기도 했지만 일본의 경우와 달리 대세를 점하지는 못했다. 앞 세대 작가들과 몇몇 남성 작가도 주목할 만한 작품들을 발표했지만, 주된 동력은 한강을 포함한 새 세대 여성 작가들의 괄목할 작품들이 봇물 터지듯 쏟아져나온 덕분이다. 소설 부문에 국한하더라도 은희경 신경숙 공선옥 권여선 정지아 등에서 편혜영 김애란 황정은 조해진 최진영 김금희 김유담 등에 이르는 새로운 감각의 서사가 뚜렷한 흐름을 형성했다. 이들 다수는 2010년대 '시(문학)와 정치 논의'를 경유하는 한편으로 2009년 용산참사, 2014년 세월호참사, 2016년 촛불대항쟁 등의 역사적 사건을 통해 당대 현실의 문제점을 감지하고 비판하는 능력을 쌓아갔다. 2016년 강남역 살인사건과 미투 운동이 촉발한 '페미니즘 리부트' 이후에 여성 작가들의 주도는 더욱 뚜렷해졌다. 이들은 민주화와 사회변혁을 위해 헌신한 선배들로부터 영감과 자양분을 얻었으되, 개별 작가 나름의 개성적 방식으로 성차별과 소수자차별 등 온갖 종류의 억압과 폭력을 비판함으로써 한국문학의 새로운 활력을 보여주었다.

새 세대 작가들은 현실과의 치열한 대면을 통해 문학의

창조적 새 단계를 연 것이다. 다양하고 실험적인 근대적·탈근대적 기법들이 과감히 활용되기도 하는데, 이는 우리 현실을 옥죄는 것들의 정체가 무엇인지, 참다운 현실의 새 세상을 어떻게 이루어낼지 탐구하는 차원이지 현실을 아예 벗어나려는 흐름과는 판다르다. 그런 점에서 아시아권의 유력 후보이자 탈근대소설로 유명한 무라카미 하루키村上春樹가 아니라 한강을 수상자로 선정한 것이 노벨 문학상의 공신력을 높였다는 생각이다. 노벨 문학상이 한강을 빛냈지만, 역으로 한강 문학이 노벨 문학상의 격을 높인 면도 있다.

1.『소년이 온다』:
부름과 응답의 서사

한강은 1993년에 시로, 1994년에는 소설「붉은 닻」으로 등단한 후 꾸준한 문학적 혁신을 이루며『채식주의자』창비 2007로 국제적인 주목을 받았고,『소년이 온다』창비 2014, 이하 이 책의 인용은 본문에 면수만 표기를 통해 자기 문학의 예술적 특징과 방식을 한껏 펼쳐 보였다. 특히『소년이 온다』는 문학이 국가폭력과 학살의 역사를 만날 때 어떤 언어와 서사가 가능한지를 남다른 방식으로 보여준다. 노벨상위원회가 한강의 수상 이유로 "역사적 트라우마에 맞서고 인간 삶의 연약함을 드러내는 강렬한 시적 산문"을 언급했을 때 특히 이 소설을 염두에 두었을 것이다. 그런데 역사적 트라우마에 '어떻게' 맞서고 인간 삶의 연약함을 '어떻게' 드러내는지를 이해하려면 이 소설이 어떤 방식으로 만들어졌는지 살펴봐야 한다. 한강은 선배들의 작품에서 영감을 얻었을 뿐 아니라 자신의 전작들과의 관련성 속에서 작품을 써왔다. 새 작품에 도전할 때는 전작들에서 일궈낸 소설언어와 서사 방법을 활용하거나 변조하는 한편, 매번 새로운 형식을 시도하고 자기혁신을 도모한다.

「채식주의자」「몽고반점」「나무 불꽃」으로 구성된 연작소설 『채식주의자』는 한국의 사회체제 깊숙이 스며들어 있는 가부장적 강압과 폭력에 맞서는 소설이 분명하지만, 상투적인 페미니즘 서사와 달리 '정치적으로 올바른' 노선을 따라 진행되는 예측 가능한 서사가 전혀 아니다. 소설의 주된 서술자는 어느 날 갑자기 육식을 거부하는 주인공 '영혜'가 아니라 그녀의 이상한 행동을 지켜보는 남편「채식주의자」의 1인칭 화자, 형부「몽고반점」의 3인칭 초점화자, 언니 '인혜'「나무 불꽃」의 3인칭 초점화자이다. 영혜의 행동거지는 주로 이 세 인물의 관찰과 묘사를 통해서 서술되고 추측된다. 서술자들의 관점에서는 육식을 거부하고 형부와의 정사를 전혀 거리끼지 않으며, 나중에는 음식을 일절 거부하고 자신을 나무로 여기는 영혜가 수수께끼 같은 존재로 나타나는데, 소설은 이 '불가해한' 존재에 관한 질문을 통해 서사를 끌어간다. 말하자면 "미학적이든 정치적이든 어떤 의제agenda를 정해놓고 나아가기보다 존재론적으로 미지의 영역을 탐구하는 '발견적' 방식"[3]에 의거하는 것이다.

『소년이 온다』에서도 이런 탐구적·발견적 방식이 작동하지만, 또다른 예술적 문제가 제기된다. 5·18 광주 민주화운동이라는 한국현대사의 '사건'을 다룬 만큼—탈근대소설이 아닌 다음에야—엄연한 역사적 사실을 자의적으로 변형할 수는 없다. 소설의 에필로그에서 밝혔듯 작가는 5·18 광주 이야기만으로 장편을 쓰기로 작정한 후에 "구할 수 있는 모든 자료를 읽는다는"203면 원칙을 세웠고 한동안 자료 읽는 데 몰두했다. 그럼에도 사실적 재현 중심의 소설과는 다른 소설을 쓰기로 한 이유를 이렇게 밝혔다.

이 소설을 읽고 잔혹하다고 하는 사람도 있는데, 사실은 더 잔혹한 것도 자료 속에 많았지만 쓰지 못했어요. 어디까지 재현해야 할지 고민이 많이 됐어요. 임철우(林哲佑)의 『봄날』 같은 경우에는 분 단위로 그 현장을 잘 옮겨놓으셨잖아요. 너무 훌륭하게 잘해놓으셔서 제가 뭘 더 보탤 게 없었어요.

그래서 결국 저에게는 같이 겪자는 마음만 남았어요. 그리고 또 하나, 초를 밝히는 것. 이 소설 전체가 초를 밝히는 일이 됐으면 해서 1장에서 동호가 죽은 사람들을 위해 초를 밝히고,

---

에필로그에서 '나'가 동호랑 소년들을 위해 초를 밝혔어요. 그러니까 같이 고통을 느끼는 것, 초를 밝히는 것, 그 두가지만 하자고 생각했어요.[4]

작가가 "어디까지 재현해야 할지 고민"하는 것은 재현을 잘하기 위해 오히려 절제한다는 뜻이다. 5·18 광주의 주요 국면을 다섯권에 걸쳐 사실 그대로 재현한 『봄날』문학과지성사 1997~98과는 달리 한강은 "같이 고통을 느끼는 것"과 "초를 밝히는 것" 그 두가지만 하기로 했다고 마치 소박한 일인 양 말하는데, 이 두가지는 사실상 엄청난 예술적 과업에 다름 아니다.

하나를 더 보태면, 에필로그에서 작가가 소설의 주인공 '동호'의 형에게 찾아가 동생에 관한 글을 쓸 수 있도록 허락해 달라고 했을 때 들은 말이다. "허락이요? 물론 허락합니다. 대신 잘 써주셔야 합니다. 제대로 써야 합니다. 아무도 내 동생을 더이상 모독할 수 없도록 써주세요."211면 그가 '제대로 써야 한다'고 요구할 때 동생을 포함한 5·18 광주 영령들에 대한 역사적 무지를 염려한 것은 물론 나아가 극우주의자들의 왜곡과 비웃음, 모욕까지 염두에 뒀을 것이다. 5·18 광주에 대한 그런 모독이 윤석열정부 시대까지 되풀이된 가운데 용산과 세월호, 이

4　김연수·한강 「사랑이 아닌 다른 말로는 설명할 수 없는」, 『창작과비평』 2014년 가을호 321면.

태원 등의 참사가 일어났다. 그런데 작가에게 '제대로 쓰기'라는 도전은 이런 현실 정치적 차원을 포함하되, 근본적인 소설 방법론의 물음이 된다. 가령 소년 동호의 삶과 그의 선택이 어떻게 제시되어야 그 누구도 모독할 수 없는 그의 존엄이 제대로 나타날 수 있을까. 이 물음은 우리의 실존적 삶에서 대면할 수밖에 없는 진실과 정의라는 근본적인 문제와 더불어, '같이 고통을 느끼고 초를 밝히는 것'이 문학을 통해 어떻게 가능한지 묻는 행위와 다르지 않다.

'같이 고통을 느끼는 것'은 얼핏 공감과 연민의 서사를 떠올리게 한다. 그러나 이는 자신과 타자, 주체와 객체의 엄연한 구분을 전제한 상태에서 불쌍한 타자의 고통에 공감한다는 식의 관념적 행위가 아니라 "타인의 고통 때문에 생기는 개인적 고통, 그 지극히 감각적인 고통"[5]의 탐구이다. 5·18 광주를 직접 경험하지 않은 사람이 30여년 전에 죽은 광주 사람들과 생존자·유가족의 참혹한 고통을 자기 몸의 감각으로 느끼는 것이, 그리고 그 고통에 대해 쓰는 것이 가능할까. 그런 일은 불가능에 가깝다는 사실을 작가도 모르지 않는다. 가령 단편 「눈 한송이가 녹는 동안」의 화자 '나'는 '영영 잃어버린 사람들' 때문에 괴로워하는 소녀가 나오는 희곡을 쓰고자 하지만 중도에 멈출 수밖에 없는데, 그건 소녀의 깊은 고통 때문이 아니라 "내가 그

---

5 같은 글 322면.

고통의 바깥에 있다는 사실이 무섭도록 생생했기 때문이다".[6] 하지만 그런 생생한 자각이 "역설적으로 글쓰기가 출발해야 할 지점에 대한 강력한 암시"[7]일 수도 있다.

이 문제와 관련해서 『소년이 온다』의 에필로그를 먼저 살펴볼 필요가 있다. '눈 덮인 램프'라는 제목의 에필로그는 소설 말미에 덧붙인 작가의 후기이자 소설의 핵심적인 한 부분이다. 이런 이중적이고 메타적인 성격 덕분에 작가는 자신이 직접 대면하지 못한, 만 열다섯살에 죽은 동호를 어찌하여 자기 소설의 중심으로 삼았는지를 서술하는 한편, 자신의 소설적 분신인 '나'가 어떻게 5·18 광주 사람들의 고통의 바깥에서 안으로 들어가게 되었는지 여러 장면을 통해 제시한다. 그중 각별한 것은 '나'가 열두살 때 아버지가 숨겨놓은 사진집을 보다 "총검으로 깊게 내리그어 으깨어진 여자애의 얼굴을 마주한 순간"을 기억하고, 그 순간 "거기 있는지도 미처 모르고 있었던 내 안의 연한 부분이 소리 없이 깨어졌다"고 술회하는 대목이다199면. '내 안의 연한 부분이 깨어졌다'는 표현은 '나'가 광주의 트라우마와 맞닥뜨림으로써 회복하기 힘든 상처를 입었음을 암시한다.

5·18 광주에 관한 자료 읽기에 몰두하다가 꾸게 된 일련의 꿈은 작가가 광주 사람들의 고통에 사로잡혔다고 할 만큼 속

6　한강 「눈 한송이가 녹는 동안」, 『창작과비평』 2015년 여름호 319면.
7　김영찬 「고통과 문학, 고통의 문학」, 『문학이 하는 일』, 창비 2018, 215면.

속들이 그 고통을 체화하고 있음을 보여준다. '나'는 사진 속 소녀처럼 군인의 총검에 명치가 찔리는 악몽을 꾸고, 누군가가 찾아와 "1980년부터 지금까지 삼십삼년 동안 지하 밀실에 가둬둔 5·18 연행자들 수십명이 있다"고 하면서 "비밀리에, 내일 오후 세시에 모두 처형할 거"203면라고 내게 알려주는 꿈도 꾼다. '나'는 "이걸 왜 하필 나에게, 아무런 힘도 없는 나에게 알려줬을까"204면라고 안타까워한다. 시간을 되돌리는 기능이 있는 라디오를 선물 받아 '1980.5.18'을 입력했지만 광주가 아니라 광화문 네거리에 서 있는 스스로를 발견하는 꿈도 꾸는데, 이는 자신이 여전히 광주의 고통 바깥에 있음을 절실하게 느끼는 순간을 반영한다. 하지만 현실에서 '나'는 결혼식에 참석했다가 예식장의 화려한 샹들리에며 화사하고 태연한 사람들이 낯설어 보여 "믿을 수 없었다, 사람이 얼마나 많이 죽었는데"205면라고 되뇔 정도로 광주의 고통 안쪽으로 들어와 있다.

『소년이 온다』의 인물들은 모두 타인의 고통과 죽음에 민감하며 그 때문에 고통스러워하는 사람들이다. 동호, 정대, 은숙, 교대 복학생/진수, 선주, 동호의 어머니 등 여섯개 장의 서술자들은 에필로그의 작가와 마찬가지로 어떤 순간, 특히 트라우마가 감지되는 순간, 고통받는 타자 쪽으로 몸을 기울인다. 이 점을 감안하면 작가를 포함한 주요 인물/서술자들이 동호를 '너'라는 2인칭으로 부르는 것에 각별한 의미가 담기게 된다. 작가가 지적하듯 "3인칭과 달리 2인칭은 오직 한 사람, 내가 부르는 바로 그 사람"[8]이니만큼 '너'로 불리는 동호와 동호를 '너'라고 부르는 '나'(다른 인물들과 작가)는 모두 세상에서 하나뿐인 개별자로서 관계 맺는다.[9] 여기서 부름의 행위가 각별하다. "동호는 죽은 소년이지만, 부르면 거기 어둠으로부터 떠올라서 존재하게 돼요. 호명하고 또 호명하면 현재 속에 가까스로 떠오르는 '너'예요"[10]라는 작가의 발언에서 왜 이 소설의 제목이 '소년이 온다'가 되었는지 짐작할 수 있다. 동호를 둘러싼 인물들이 각각의 목소리와 방식으로 동호를 '너' 혹은 '동호야'라고 부를 때, 동호는 제삼자가 아니라 그들 각각의 현재적 삶 속으로 '와서' 더불어 존재하게 된다. 소설 전반에 걸쳐 모든 인물들이 가장 고통스럽고 참담한 심정일 때 동호를 불러내기 때문에 이 소설은 정확하고 빼어난 사실적 재현이 많음에도 재현주의 서사와 차별화되며, 부름과 응답의 서사가 중심이 된다.

'초를 밝히는 것'에서는 '애도의 서사'를 떠올릴 수밖에 없지만, 여기서도 대부분의 애도 서사와 다른 점에 주목할 필요가 있다. 혼이 되는 '정대'를 별개로 하면, 소설 속 인물들 다수는 혼(영혼/혼령)의 존재를 확신하지는 못하지만 그와 관련된

---

8 김연수·한강, 앞의 글 324면.

9 5장의 '선주'도 '당신'이라는 2인칭으로 불리지만, 다른 인물들이 그렇게 부르는 건 아니다. 참담한 고통에도 의연함을 잃지 않으려는 이 여성 노동자에게 작가가 보내는 존경의 뜻으로 읽힌다.

10 김연수·한강, 앞의 글 같은 면.

생각을 자주 하며, 그런 만큼 초를 밝히는 일에는 초혼招魂의 의미가 담긴다. 1장에서 동호는 시신의 머리맡에 놓인 양초를 새로 갈아주고 난 후 "*산 사람이 죽은 사람을 들여다볼 때, 혼도 곁에서 함께 제 얼굴을 들여다보진 않을까*"13면라고 자문하고, 외할머니가 돌아가실 때 "얼굴에서 새 같은 무언가가 문득 빠져나갔다"23면고 느낀 순간을 회상하기도 한다. 이런 생각은 "사람이 죽으면 빠져나가는 어린 새는, 살았을 땐 몸 어디에 있을까"27면라는 의문으로 이어진다. 살아 있는 사람에게서 혼을 감지하는 듯한 순간도 있다. 동호는 '은숙 누나'의 손이 자기 어깨를 스칠 때 "차가운 무명 헝겊으로 겹겹이 손끝을 감싼 것 같은, 가냘픈 혼령 같은 손길"을 느낀다. 물론 그게 은숙 누나의 손길임을 알고는 "*그렇지, 혼한테 손 같은 게 있을 리 없지*"25면라고 고쳐 생각하지만 말이다.

『소년이 온다』에서 언급되는 혼/영혼이란 볼 수도 만질 수도 없지만 인간 개체의 더없이 소중한 무엇이며, 부서져서 온전함을 잃을지언정 그 개체가 죽어도 없어지지는 않는다. 이 소설이 남다른 면은 생사의 경계를 가로지르는 혼과 영혼, 그리고 죽음 이후의 세계를 향한 관심이다. 가령 '진수'는 함께 고문을 받았던 교대 복학생에게 "*그러니까 형, 영혼이란 건 아무것도 아닌 건가./아니, 그건 무슨 유리 같은 건가. (…) 그러니까 우린, 부서지면서 우리가 영혼을 갖고 있었단 걸 보여준 거지*"130면라고 호소하고, 선주는 "유난히 고요한 휴일 오후 해가 드는 창을 보다가 문득 동호의 옆얼굴이 흐릿하게 떠오를 때, 눈앞에 어른 거리는 그게 혼은 아닐까"174면라고 생각한다.

초를 밝히는 것, 촛불을 드는 것은 '나'가 세상에 하나밖에 없는 존재인 '너'를 부를 때처럼 개별자를 기본단위로 수행된다. 시신과 묘 하나하나에 초를 밝히고, 참배객마다 새로 초를 밝혀 죽은 자의 혼을 불러내어 경의를 표한다. 이 같은 초혼의 행위 역시 부름과 응답의 서사에 속한다. 또한 촛불을 드는 것은 단순한 애도 행위가 아니다. 우리가 촛불집회를 통해 경험했듯, 시대의 어둠에 맞서 진실과 정의의 불을 밝힘으로써 억울하게 죽은 자의 넋을 기리는 행동이기도 하다. 시대의 어두운 진실을 드러내려는 문학적 기획에서 혼/영혼을 진지한 탐구 대상으로 삼음으로써, 이 소설은 보통의 재현주의 소설과는 확연히 다름을 보여준다.[11]

그렇다고 이 소설의 사실적 재현이 약하다는 뜻은 아니다. 오히려 기존의 재현 방식을 한층 더 정치하게 만듦으로써 부름의 서사를 뒷받침하는 느낌이다. 뛰어난 사실 묘사와 치밀한 구성 등 전통적 소설의 덕목으로 여겨지는 것 중에서도 정교한 시간 구도와 장면 배치는 특별하다. 인물들 각각의 이야기 시점은 이렇다. 1장에서 동호의 이야기는 시민군들이 전남

---

11 하지만 인물들 모두가 혼/영혼에 관심이 있는 것은 아니고, 교대 복학생은 '양심'을 인간의 가장 중요한 자질로 여기는데(114~16면 참조), 이 점은 소설의 개연성 측면에서 적절하다.

도청을 장악한 '해방광주' 시기이며, 2장은 정대가 계엄군의 총격으로 사망한 후 혼이 된 시점부터 동호가 죽는 순간을 감지할 때까지다. 3장은 5·18로부터 5년 후, 경찰에 뺨 맞고 수모당하는 은숙의 이야기이며, 4장에서는 5·18로부터 10년 후, 교대 복학생이 자신과 진수의 고문 경험을 구술한다. 5장은 5·18로부터 22년 후, 선주의 고독한 삶과 악몽 같은 성고문의 기억을 보여주며, 6장은 동호가 죽은 지 30년이 지난 시점에서, 동호의 어머니가 동호와 닮은 아이를 따라가면서 시작된다. 에필로그의 '나'는 5·18로부터 33년이 지난 후에 동호의 형을 만나고 동호의 무덤을 찾는다. 그러니까 소설은 5·18 광주 당시1장, 2장에서 시작해 5년 후3장, 10년 후4장, 22년 후5장, 30년 후6장, 33년 후에필로그로 점차 현재의 시점으로 다가오는 구조를 통해 5·18의 역사적 트라우마를 점진적으로 펼쳐 보인다. 여섯개의 장과 에필로그 각각도 별표(*) 혹은 다른 표시들로 나뉜 부분들의 조합이다. 거의 120개에 달하는 이 부분들은 시간순 배열이 아니고 한 편의 시처럼 아주 짧은 부분도 많아서 마치 쪼개진 이야기 조각 같다. 이 조각들이 각양각색의 조각보처럼 이어져 소년 동호와 인물들의 호흡 하나하나를, 그날 그곳의 사건 면면을 독자로 하여금 '함께 느끼게' 만든다.

이런 이야기 조각들이 펼쳐지는 가운데, 인물들이 가장 고통스러운 상황에서 동호('너')를 불러내고 동호와의 시간을 기억하는 부분이 빛을 발한다. 또한 여러 인물의 그런 조각들을 이어 붙여야 동호의 마지막 시간을 재구성할 수 있는 구도는 각 인물들에게 동호가 필요하듯 그 역도 마찬가지임을 방증한다. 가령 은숙이 기억하는 동호와의 마지막 순간은 그가 도청에 남기를 고집하면서도 두려워 떨고 있었음을 보여준다.

너를 데리고 가려 하자 너는 계단으로 날쌔게 달아났다. 겁에 질린 얼굴로, 마치 달아나는 것만이 살길인 것처럼. 같이 가자, 동호야. 지금 같이 나가야 돼. 위태하게 이층 난간을 붙들고 서서 너는 떨었다. 마지막으로 눈이 마주쳤을 때, 살고 싶어서, 무서워서 네 눈꺼풀은 떨렸다.92면

또한 은숙은 작중에서 희곡 대본이 검열로 지워져 대사를 발설할 수 없는 배우의 달싹거리는 입술을 지켜보다가 "……동호야" 하고 속으로 부른다. "*네가 죽은 뒤 장례식을 치르지 못해, 내 삶이 장례식이 되었다. / 네가 방수 모포에 싸여 청소차에 실려간 뒤에*"102면라는 읊조림에서 은숙 자신의 암울한 삶은 물론 동호의 시신이 어떻게 처리되었는지를 짐작할 수 있다. 교대 복학생은 진수가 동호에게 반복적으로 하는 말, "적당한 때 너는 항복해라. 알겠지, 항복하라고. 손들고 나가. 손들고 나가는 애를 죽이진 않을 거야"112면를 듣지만, 다음 날 새벽 손들고 나오는 아이들을 한 장교가 총으로 쓰러뜨리는 광경을 목격한다. 선주는 보안사에 끌려가 성고문을 당한 이후 죽으려고 광주

에 다시 갔다가 금남로에서 뒤틀린 자세로 죽어 있는 동호의 사진을 보고 마음을 바꾼다. "그러니까 그 여름에 넌 죽어 있었어. 내 몸이 끝없이 피를 쏟아낼 때, 네 몸은 땅속에서 맹렬하게 썩어가고 있었어./그 순간 네가 날 살렸어. 삽시간에 내 피를 끓게 해 펄펄 되살게 했어. 심장이 터질 것 같은 고통의 힘, 분노의 힘으로."173면 동호를 불러내는 이런 명장면들 가운데서도 압권은 어머니가 어린 동호와 함께 천변길을 걷는 장면이다.

> 조그만 것이 힘도 시고 고집도 시어서, 힘껏 내 손목을 밝은 쪽으로 끌었제. 숱이 적고 가늘디가는 머리카락 속까장 땀이 나서 반짝반짝함스로. 아픈 것맨이로 쌕쌕 숨을 몰아쉼스로. 엄마, 저쪽으로 가아, 기왕이면 햇빛 있는 데로. 못 이기는 척 나는 한없이 네 손에 끌려 걸어갔제. 엄마아, 저기 밝은 데는 꽃도 많이 폈네. 왜 캄캄한 데로 가아, 저쪽으로 가, 꽃 핀 쪽으로.192면

간절한 부름에 응답하듯 동호는 어머니에게 온 것이다. 게다가 캄캄한 데로 가는 어머니를 밝은 곳으로, 꽃 핀 쪽으로 이끈다. 어머니는 "못 이기는 척" 끌려 걸어간다. 에필로그에서 동호를 향해 "당신이 나를 밝은 쪽으로, 빛이 비치는 쪽으로, 꽃이 핀 쪽으로 끌고 가기를 바랍니다"213면라고 기원하는 작가에게 화답하는 듯하다. 이렇게 동호가 생사와 시간의 경계를 훌쩍

넘어 어머니에게 온 순간, 독자에게는 동호뿐 아니라 전라도 사투리를 통해 생생하게 그려진 동호 어머니의 모습과 말, 그 속에 밴 사랑과 염려, 꽃 핀 쪽으로 가자는 어린 동호의 맑은 천성 등이 어우러진 경이로운 세상이 도래한다. 그 순간 그 장면과 떼어놓을 수 없는 인물들 ― 동호, 정대, 정미, 은숙, 진수, 교대 복학생, 선주, 동호의 어머니와 두 형, 작가 ― 의 트라우마적 삶이 조각보처럼 펼쳐지며 우리를 감싸고, 그들이 겪어야 했던 충격과 오랜 세월의 고통이 절절히 와닿는다. 이렇게 『소년이 온다』가 만들어낸 세상이 우리에게 온다.

2. 『작별하지 않는다』:
나를 넘어 당신에게로

『작별하지 않는다』문학동네 2021, 이하 이 책의 인용은 본문에 면수만 표기가 『소년이 온다』와 연결된 작품임은 분명하다. 그 연결의 결정적인 계기가 『소년이 온다』를 출간하고 얼마 후 작가가 꾼 꿈이었음은 여러 경로로 확인된다.[12] 두 소설에는 각각 5·18 광주와 제주 4·3항쟁이라는 한국현대사의 트라우마

---

12 가령 한강의 2014년 만해문학상 수상소감문 「검은 침묵과 시간 사이에서」(『창작과비평』 2014년 가을호)에 등장하는 꿈은 『작별하지 않는다』의 도입부에 나오는 꿈과 흡사하다.

적 사건이 주된 소재로 등장하기에, 서로 연결되었을 뿐 아니라 비슷한 성격의 소설일 것이라고 예측하기 쉽다. 그러나 한강의 작품들이 으레 그렇듯 두 작품은 공통점 못지않게 차이점도 많은데, 두 소설 모두 근대·탈근대소설의 접경 지역에 있지만『작별하지 않는다』가 비사실 혹은 초현실이라는 탈근대적 요소들을 좀더 과감하게 활용한다.

등장인물 개별자의 내면을 파고드는 작가에게, 5·18 광주보다 시공간적으로 떨어져 있으며 그 규모가 훨씬 크고 오래 지속된 학살과 저항의 역사를 '제대로 쓰기'는 더 어렵고 어쩌면 아예 다른 과제였을지도 모른다. 4·3항쟁(과 보도연맹 학살사건) 수난자들의 참혹한 고통을 감지하고 그런 타자의 고통을 자신의 '지극히 감각적인 고통'으로 느끼는 것은 불가능에 가까운 일이다. 게다가 「순이 삼촌」『창작과비평』 1978년 가을호을 비롯한 현기영의 선구적인 4·3항쟁 관련 걸작들과 보도연맹사건을 집중적으로 다룬 조갑상의 역작『밤의 눈』산지니 2012이 이미 나와 있기에, 앞선 세대의 작품들에서 영감을 얻고『소년이 온다』의 서사적 혁신을 활용하되 새로운 차원의 방법과 형식 또한 필요했을 것이다.

이런 어려움은『작별하지 않는다』의 서사 구조에도 반영되어 있다. 1인칭 서술자 '경하'가 4·3항쟁의 깊은 트라우마에 가닿으려면 제주 출신 친구 '인선'과 인선 어머니 '정심'의 고통의 감각을 거쳐야만 한다. 인선은 친가와 외가가 모두 4·3으로 수난을 당했고, 자신의 어머니가 외삼촌의 유해를 찾기 위해 희생자들의 유해 발굴에 평생을 분투했음을 최근에야 알게 된다. 그런데 경하가 인선과 정심을 경유한 이야기를 통해서 그 고통을 온몸의 감각으로 '같이 느끼는 것'이 과연 가능할까. 역사적 사실은 전해질 수 있겠지만 그 참혹한 트라우마적 감각은 유실되기 쉽다. 이것이 아마 한강이 맞닥뜨린 예술적 딜레마였을 것이다. 이 딜레마를 극복하기 위해 작가는 무엇보다 먼저 트라우마에 다가가기가 얼마나 어려운지를 작품으로 직접 보여준다. 동시에 너와 나, 생과 사, 사람과 유령, 꿈과 현실, 무의식과 의식, 있음과 없음의 이분법들을 돌파하는 매우 발본적인 발상들을 소설 속 현실에 실험적으로 도입한다. 『작별하지 않는다』의 '작가의 말'에서 한강은 "2014년 6월에 이 책의 첫 두 페이지를 썼"고 "2018년 세밑에야 그다음을 이어 쓰기 시작했"다고 밝히는데328면, 그사이 발표된 세편의 소설 「눈 한송이가 녹는 동안」2015, 『흰』난다 2016, 개정판 문학동네 2018, 「작별」『문학과사회』 2017년 겨울호에서 중요한 실마리를 발견할 수 있다.

그중 하나는 혼/영혼과 유령의 문제이다. 『소년이 온다』의 혁신적인 면 가운데 하나는 혼/영혼의 문제를 매우 중시하되 부름과 응답의 서사와 결합함으로써 리얼리즘을 심화하는 쪽으로 구사한 점이다. 정대의 혼이 화자로 등장하는 것이 파격이라면 파격이지만, 선례가 없지 않거니와 한국 전통 서사에서 혼을 대하는 태도와도 부응하고, 그 자체로 상당히 실감 나기도 한다.

정대의 혼은 몸이 없지만, 「눈 한송이가 녹는 동안」에서 '윤선배'의 유령은 생전의 모습으로 후배 'k' 앞에 나타난다. 유령이 등장하는 소설이 그리 드문 것은 아니지만, 그를 대하는 k가 그가 유령임을 알고도 별로 놀라지 않고 "어쩐 일이세요?"[13]라고 맞이하는 것은 주목할 지점이다. 또한 여성차별적인 직장에서 겪은 갈등과 혐오와 죽음의 이야기를 유령과 나누는 과정에서 묘하게 '평화'에 도달하는 점도 눈여겨봐야 한다. 소설 속 '노힐부득'과 '달달박박'의 일화나 그것을 활용해 k가 쓰는 희곡에서 소녀의 머리에 놓인 녹지 않는 눈만큼이나 희귀한 일이지만, 그럴듯하다. 자신과 타자의 분별에 갇히지 않고 타자의 고통을 그대로 받아들이는 순간 어떤 깨달음을 동반하는 평화에 이를 수 있음을 암시하는 듯하다. 특이한 것은 대개의 유령 서사가 산 자가 죽은 자의 억울함을 풀어주는 구도라면, 여기서는 역으로 유령이 산 자의 억울함을 풀어준다는 점이다.

『흰』에서 『작별하지 않는다』와 관련해 특히 주목해야 할 것은 '눈'에 관한 글들 외에도 "태어난 지 두 시간 만에 죽었다고"[14] 하는 '나'의 언니와 '나'의 관계이다. 바르샤바에 와 있는 '나'는 "그 아기가 살아남아" "나 대신 이곳으로 왔다고 생각"[15]

13 「눈 한송이가 녹는 동안」 289면.
14 「배내옷」, 『흰』 18면.
15 「그녀」, 같은 책 36~37면.

하며, "그런 그녀가 이 도시의 중심가를 걷는다"[16]고 상상한다. 독일군이 시민들을 무차별 학살한 이 도시를 자신이 아니라 두 시간 만에 죽은 언니의 눈으로 보려는 것이다. 화자는 마침내 "당신의 눈으로 바라볼 때 나는 다르게 보았다"면서 "당신이 숨을 멈추지 않았다면. 그리하여 결국 태어나지 않게 된 나 대신 지금까지 끝끝내 살아주었다면"[17]이라고 강렬하게 희구한다. 이를테면 '언니는 갔지마는 나는 언니를 보내지 아니'한 상황이다. '나'는 언니를 '당신'이라 부르며 애타게 그리워하면서 자신을 언니의 대리적 존재로 여긴다. 일종의 '더블'인 것이다. 「작별」역시 화자 '나'가 어느 날 갑자기 눈사람이 된다는 '황당한' 설정을 제시하는데, '그레고르 잠자'가 어느 날 갑자기 벌레로 변하는 프란츠 카프카Franz Kafka의 「변신」1915이나 세 남매의 아버지가 아무데서나 모자가 되어버리는 황정은의 「모자」『일곱시 삼십이분 코끼리열차』, 문학동네 2008를 생각하면 갑자기 사람이 다른 존재나 사물로 변한다는 설정 자체가 없던 것은 아니다. 「작별」의 화자는 눈사람이 된 자신의 몸이 차츰 녹아감에 따라 연인과 자식과 작별하게 되는데, 이 불가피한 과정은 모든 살아 있는 것은 소멸할 수밖에 없고필생필멸必生必滅, 만나면 반드시 헤어진다회자정리會者定離는 다분히 불교적인 분위기를 띠고 있다. 다만 필생

16 「초」, 같은 책 38면.
17 「당신의 눈」, 같은 책 118~19면. 강조는 인용자.

필멸에서 한걸음만 더 떼면 불생불멸不生不滅이기도 하다는 의미는 담기지 않는다.[18]

　『소년이 온다』의 에필로그와 이어지는『작별하지 않는다』의 1장은 이 소설의 프롤로그이자 작품 전체의 분위기를 예고한다. 작가의 분신인 경하는 꿈을 꾼다. 눈 덮인 검은 통나무들이 서 있는 벌판에서, 뒤쪽의 봉분들이 바닷물에 잠겨가자 묻힌 뼈들이 쓸려갈 듯해 애태우는 악몽이다. 경하는 처음에는 이 악몽을 광주에 관한 꿈이라고 생각한다. 그 광경이 마음에 걸려 아흔아홉그루의 통나무를 심고 그 통나무에 먹을 입히는 과정을 기록영화로 만들자고 다큐멘터리 감독인 친구 인선에게 제안한다. 그러나 4년 후 그 꿈이 광주에 관한 것이 아니라 자신의 미래를 예고하는 꿈일 수 있음을 문득 깨닫는다. 경하는 전작 집필의 후유증을 심하게 앓는데다 가까운 사람들과의 고통스러운 작별로 마음이 산산이 부서져 죽음 직전까지 다가간다. 반복해서 유서를 쓰는 데서 암시되듯 죽음의 칼날 아래 하루하루 살아내는 형국인데, 꿈과 무의식, 초현실과 죽음이라는 요소가 이 소설에서는 생시에 의식하는 현실 못지않게 중요한 장치로 작동할 것임을 예고하는 듯하다.

18　『작별하지 않는다』에 「작별」에 대한 논평이 나온다. "이후의 진짜 작별들이 아직 전조에 불과했던 시기에 '작별'이란 제목의 소설을 썼다. 진눈깨비 속에 녹아서 사라지는 눈-여자의 이야기였다. 하지만 그게 정말 마지막 인사일 순 없다."(25면)

　1장에서 경하가 제주에 있는 인선의 집을 찾아가는 도중 눈 덮인 길에서 건천으로 굴러떨어져 죽을 뻔한 사건은 임사 체험이자 상징적 죽음이다. 건천에 누운 채 눈을 맞는 경하의 모습은 고등학교 2학년 때 가출한 인선이 서울의 한 터미널 근처 축대에서 미끄러져 죽을 뻔한 일화와 짝을 이루고, 동시에 인선의 어머니 정심이 어린 시절 언니와 함께 학교 운동장에 널린 시신들 가운데에서 가족을 찾아 헤맬 때 시신들의 얼굴 위에 쌓이던 눈을 떠올리게 한다. 말하자면 경하와 인선의 임사 체험/상징적 죽음은 4·3의 트라우마를 마주 보려면 통과해야 할 의례처럼 느껴진다.

　경하의 임사 체험에서 눈여겨볼 또 하나는 눈이 불러일으키는 미묘한 느낌, 다른 세상에서 오는 듯한 눈의 정동이다. 인선은 아흔아홉그루의 통나무를 다듬다 손가락이 잘리는 사고를 당한다. 긴급히 서울의 병원으로 이송되어 봉합수술을 한 인선이 눈 내리는 병원 창밖을 내다보다가 "*이상하지 눈은* (…) *어떻게 하늘에서 저런 게 내려오지*"94면라고, "*이렇게 눈이 내리면 생각나. 그 학교 운동장을 저녁까지 헤매다녔다는 여자애가*"95면라고 읊조린다. 이 중얼거림에서 이 세상 것 같지 않은 눈은 죽음을 상기시킨다. 얼어붙은 시신의 얼굴에 쌓인 눈은 녹지 않는다. 하지만 경하가 인선의 제주 집을 찾아가다 만나는 함박눈은 사뭇 다른 정동을 담고 있다.

젖은 아스팔트 위로 눈이 내려앉을 때마다 그것들은 잠시 망설이는 것처럼 보인다. 그럼…… 그래야지……라고 습관적으로 대화를 맺는 사람의 탄식하는 말투처럼, 끝이 가까워질수록 정적을 닮아가는 음악의 종지부처럼, 누군가의 어깨에 얹으려다 말고 조심스럽게 내려뜨리는 손끝처럼 눈송이들은 검게 젖은 아스팔트 위로 내려앉았다가 이내 흔적없이 사라진다.89면

이 대목에서는 이 세상 것이라고 하기에는 너무나 순정한 평화가 느껴진다. 『흰』에서 "대체 무엇일까, 이 차갑고 적대적인 것은? 동시에 연약한 것, 사라지는 것, 압도적으로 아름다운 이것은?"[19]이라고 물었듯 이 작품에서 눈은 수시로 느낌이 변한다. 분명한 것은 이런 눈의 미묘한 정동이 소설의 분위기에 거의 결정적인 영향을 미친다는 점이다. 가령 '녹지 않는 눈'이라도, 시신의 얼굴 위에 쌓인 눈과 「눈 한송이가 녹는 동안」에서 소녀의 머리 위에 쌓인 눈은 전혀 다른 정동이다. 『작별하지 않는다』에서 죽음같이 차갑고 섬뜩한 눈은 역사적 트라우마의 감각을 묘사하는 데 요긴하게 활용된다. 또한 경하가 제주공항에서 인선의 집에 도달할 때까지 만나는, 온 세상을 휘몰아 감싸는 눈보라와 함박눈은 초현실적 분위기를 자아낸다. 그런 눈을

19 「눈보라」, 『흰』 64면.

헤치고 나서야 도달한 곳에서 유령을 만나게 되니 그럴 법하다.

그런데 인선이 유령으로 출현하는 방식이 흥미롭고 파격적이다. 이전에 인선이 서울에서 추락사고로 의식을 잃고 무연고 환자로 입원했을 때, 제주 집에 그녀의 유령이 나타난 적이 있다. 하지만 그때와는 분위기가 사뭇 다르다. 서울의 병원에 있어야 할 인선이 제주에 온 경하 앞에 나타난 것, 경하 자신이 분명히 그 주검을 나무 밑에 묻었던 인선의 앵무새 '아마'가 나타난 것은 근대 이전 서사에서 다뤄지곤 했던 귀신에 관한 관습적 범주를 뛰어넘는다.

제주 집에 나타난 인선을 보며 경하는 "그녀의 오른손이 상처 없이 깨끗한 것"187면에 주목한다. 그리고 "인선은 언제나처럼 이곳에서 나무 작업을 하고 있었을 뿐이고, 서울에서 내가 받은 문자와 이 섬에서 겪은 모든 것이 망자의 환상이었을 뿐"190~91면이라는 자신의 추측이 맞을 수도 있다고 생각한다. 인선이 끓인 뜨거운 차를 함께 마시며 경하는 속으로 "인선이 혼으로 찾아왔다면 나는 살아 있고, 인선이 살아 있다면 내가 혼으로 찾아온 것일 텐데. 이 뜨거움이 동시에 우리 몸속에 번질 수 있나"194면라고 자문한다. 도교나 불교 철학에서 나올 법한 이러한 물음에 소설 말미에 등장하는 "동시에 두 곳에 존재하는, 관측하려 하는 찰나 한곳에 고정되는 빛처럼"322면 같은 양자역학적 발상[20]을 추가할 수도 있다.

하지만 존재와 유령의 관계에 대한 소설 내 여러 철학적 해석 가능성은 이분법적인 실체론의 사유를 해체하는 방향으로 수렴하면서, 경하가 인선의 대리적 존재('더블')가 되는 과정을 보여준다. 경하에게 나타난 인선의 유령은 마치 「눈 한송이가 녹는 동안」에서 k에게 나타난 윤선배처럼, 『흰』에서 '나'가 불러내는 언니('당신')처럼 산 사람을 이끄는데, 그 길은 4·3항쟁의 트라우마와 수난의 역사로 향한다. 인선이 경하의 반대에도 불구하고 통나무를 심고 먹칠을 하는 프로젝트—'작별하지 않는다'라는 이름의 프로젝트—를 밀고 나가는 지점에서 경하의 꿈은 인선에 의해 4·3에 관한 것으로 재해석된다. 이를 '못 이기는 척' 받아들이는 경하는 인선과 정심의 눈과 몸으로 4·3을 마주할 준비가 된 것이다. 말하자면 이 장면에서 실증적 현실의 개연성을 괄호 침으로써 초를 밝히는 작업이 완수되었음이 암시된다. 이후 4·3의 참혹한 학살과 고문 현장과 그에 얽힌 이야기들이 물꼬 터진 양 본격적으로 펼쳐지고, 이때부터 인선과 정심이 점점 전면에 나서서 이야기를 끌어간다. 그런데 잔혹하고 참담한 역사적 트라우마를 통과하는 이 과정에서 경하는 오히려 죽음과 악몽으로부터 왠지 모르게 차츰 놓여나는 듯 느끼는 것이 묘하다. 경하와 인선이 촛불을 교대로 나눠 들고 밤의 설경으로 나아가는 마지막 장면에는 이 세상 풍경 같지 않은 기이

---

20 문학평론가 전승민은 "『작별하지 않는다』는 양자적 세계"라고 주장하고 이 장면을 양자역학의 관점에서 해석한다. 「통증과 회복의 인간학」, 『퀴어 (포) 에티카』, 문학동네 2024, 455면.

함이 깔려 있되 불길하지 않고, 오히려 온 사방의 어둠 속에서 작은 불꽃같이 빛을 발하는 '평화'의 기척이 느껴진다.[21]

  4·3항쟁 및 보도연맹 학살에 관한 증언과 유골 발굴 과정을 살피는 후반부의 서사도 빼어난데, 특별히 인상적인 몇 대목이 있다. 가족 모두가 죽임을 당했던 때의 정황을 15년이 지나서야 세천리 학살사건의 목격자에게서 듣게 되는 인선의 아버지 이야기, 정심이 오빠의 행방을 찾다가 알게 된 엄청난 규모의 보도연맹 학살사건, 경산 코발트광산 유골 발굴에 관한 이야기 등이 생생한 증언과 기구한 사연을 통해 독자의 마음에 와닿는다. 『소년이 온다』에서처럼 이 소설에서도 이야기 조각들

---

21 4·3항쟁 같은 역사적 트라우마를 다루는 소설에서 중요 인물을 유령으로 제시한 사례는 적잖다. 가령 미국문학 가운데 도망 노예의 비극적 삶을 그린 토니 모리슨(Toni Morrison)의 장편소설 『빌러비드』(*Beloved*, 1987)에서 유령의 존재는 필수 불가결한 예술적 요소이자 방법론으로 활용된다. 켄터키의 농장 노예였던 '세스'는 자유주인 오하이오로 도망쳤지만 백인 농장주 일행이 자신과 가족을 쫓아오자 잡혀가느니 스스로 아이들을 죽이겠다고 저항하다 18개월 갓난아기 '빌러비드'를 죽이게 된다. 그후 세스의 집에는 아기 유령이 깃들어 온갖 난동을 부린다. 수년 후, 세스와 노예생활을 함께했던 '폴 디'가 찾아와 아기 유령을 몰아내고 세스와 사랑에 빠지자 빌러비드라는 정체불명의 여성이 나타나 그들의 관계를 파탄 낸다. 빌러비드가 사람인지 유령인지 세스의 죽은 아이인지 확정할 수는 없지만 아프리카에서 끌려온 흑인들의 억울함을 체현한 '원혼'의 측면이 점점 두드러진다. 요컨대 『빌러비드』는 노예제에 희생당한 흑인 아이의 넋과, 모리슨이 소설의 헌사에서 언급한 아프리카에서 끌려오는 배 안에서 죽은 "6천만 이상"의 아프리카인들의 넋을 기리는 애도와 해원의 서사랄 수 있다. 두 작품은 엄청난 규모의 역사적 트라우마에 함축된 형언하기 힘든 고통과 참혹의 정동, 그리고 애도와 해원이라는 열망을 공유하고 있지만, 유령의 존재를 활용하여 그것을 다루는 방식은 판이하다.

을 짜맞추어야 비로소 그 의미가 온전해지는 것들이 적잖다. 예
컨대 인선의 아버지와 어머니, 외삼촌의 기막힌 고통의 행로가
그렇다. 또한 정심이 오빠의 유골을 찾기 위해 참여해온 유족
활동이 금지되고 허용된 연도를 추적하면 반공 이데올로기가
헌법 위에 군림해온 분단체제의 역사적 부침이 드러나는 것도
그런 사례 중의 하나라고 할 수 있다.

　『작별하지 않는다』를 읽는 독자는 4·3항쟁의 트라우마
를 마주하기까지 화자 경하의 고통스러운 마음과 긴 사유의 회
로를 통과해야만 한다. 그리고 그후에는 경하처럼 인선과 정심
에게 이끌려 참혹하기 그지없는 학살 현장과 가슴 아픈 사연들
의 눈보라 속으로 휩쓸려든다. 이 소설은 익숙지 않은 어법과
서사, 과감한 발상이 곳곳에 깔려 있어 독자인 우리에게 편안하
게 다가오지는 않는다. 하지만 함께 촛불을 밝혀 들고 나아간다
면 『작별하지 않는다』는 우리 곁에 와서 머물 것이다.

삶의 본모습을 찾는
'목소리'의 여정

『내 여자의 열매』『채식주의자』
『노랑무늬영원』 읽기

백지연

白智延　문학평론가, 서울여대 국어국문학과 초빙교수. 평론집 『미로 속을 질주하는 문학』『사소한 이야기의 자유』, 공편서 『20세기 한국소설』 등이 있음.

1. 문명 비판의 상상력과
젠더적 성찰

한강 작가의 노벨 문학상 수상 소식이 우리에게 안겨준 놀라움과 기쁨의 순간이 선명하다. 아시아 여성 작가의 첫 수상이라는 의미와 더불어 김대중 전 대통령이 노벨 평화상을 수상한 이래 두번째로 맞는 노벨상 수상이라는 감회도 새겨보게 된다. 심사위원 안나-카린 팔름Anna-Karin Palm의 "인간의 삶과 죽음이 어떻게 얽혀 있으며, 그 트라우마가 어떻게 여러 세대에 걸쳐 인구 집단에 남아 있는지를 잘 보여준다"[1]는 심사평은 한국문학이 품고 있는 민주화의 오랜 역사를 세계문학의 지평에서 호명한다. 그 어느 때보다 무겁고 답답한 정치적 굴곡을 통과하던 우리 사회의 역사적 시간대를 새롭게 조명하

---

1 「잔혹에 맞선 부드러움, 한강 노벨문학상 수상」,『한겨레21』2024.10.10.

는 평으로 생생하게 다가왔다.

　대중예술을 기반으로 한 K문화의 약진과 더불어 최근의 한국문학 역시 꾸준한 번역과 해석을 통해 여러 해외 문학상에 호명되면서 독창적인 개성을 알리고 있다. 이번 수상 소식은 '한국어로 된 문학작품을 읽고 쓴다'는 자부심 속에서 우리 문학사가 쌓아온 자산과 전통을 새삼스레 돌아보게 만든다. 한강의 수상은 그동안 축적된 한국문학의 성취 위에 새로운 서사적 실험을 거듭해온 동시대 작가들의 집합적인 움직임을 일으킨다는 점에서도 고무적이다. 일상에서도 문학을 주제로 새로운 대화를 시작하는 사람들이 늘어났다. 작품에 대해 이야기를 나누고자 독서모임을 만들고, 서점을 찾는 사람들이 점점 많아지는 것은 반갑고 설레는 일이다. 개별 작가를 조명하는 것을 넘어서 우리의 문학적 공동영역을 넓히고 가꾸는 계기가 된 보람되고 뿌듯한 향유적 사건이라 할 만하다.

　역사적 상상력과 구체적으로 공명하며 깊어지는 한강 문학의 변모는 개인에서 사회로, 혹은 내면에서 외부로 나아가는 식의 단순한 문학적 평가를 거부한다. 그의 문학은 30여년에 이르는 활동 기간 동안 시, 노래, 소설, 희곡, 에세이의 경계를 넘나드는 개성적 발화법을 토대로 통상적인 사실주의의 문법을 거스르는 서사적 실험을 진행해왔다. 이미지와 사건을 결합하고 시점을 자유롭게 바꾸며 독백과 묘사를 섞는 한강 소설의 서술 방식은 '시적 산문'이라는 명명을 얻기도 하였다. 번역가이자 시인인 사이토 마리코齋藤眞理子가 이야기했듯이 그의 소설이 지닌 시적 특성은 "단지 어휘나 표현이 시와 같다는" 것만을 의미하지 않으며, "삶과 죽음의 경계, 꿈과 현실의 경계를 돌파하는 섬세하고 강인한 문체"라는 점이 중요하다.[2] 서사적 구성과 관련하여 특히 주목해야 하는 지점은 한강 문학의 중요한 기반이 되는 젠더적 상상력이다. 그의 문학이 깊이 응시하는 가부장적 삶의 왜곡은 근대 자본주의 문명의 위기를 비판적으로 진단하는 페미니즘 정동의 현재적 흐름과도 긴밀하게 연결된다. 이 글에서는 한강의 초기작 세계에서 출발하여 이러한 젠더적 경험과 상상이 일상과 역사의 만남을 주조하는 과정들을 차례로 짚어보고자 한다.[3]

2. 일상과 역사가 만나는 방식

단편 「붉은 닻」1994으로 등단한 이래 한강의 소설은 비극적인 세계에서 고투하며 살아가는 개별 인간들

---

2 「日번역가 "한강, 최대위기에도 인간존엄 존재할 수 있음 보여줘"」, 『연합뉴스』 2024.10.17.

3 이 글에서 주요하게 다루는 작품들은 다음과 같다. 『여수의 사랑』(문학과지성사 1995), 『내 여자의 열매』(창작과비평사 2000, 개정판 문학과지성사 2018), 『채식주의자』(창비 2007, 개정판 2022), 『노랑무늬영원』(문학과지성사 2012). 단행본 인용은 개정판을 기준으로 본문에 면수만 표기한다.

의 운명을 주시한다. 그의 작품은 삶과 죽음, 동물과 식물, 어둠과 빛, 문명과 자연, 고통과 회복이라는 대비 구도를 서사화하며 인간 존엄의 문제를 탐구해왔다. 서정적이고 고전적인 문체는 1990년대에 작품활동을 시작한 작가들의 대중문화적 글쓰기와 거리가 있는 듯 보이지만, 첫 소설집 『여수의 사랑』을 뒷받침하는 예술가적 자의식과 낭만적 정서는 당시 청년문화의 분위기와 깊이 맞닿아 있다. "명치 끝이 찢기듯이 아파왔다. 적요한 햇빛 속으로 무수한 먼지 입자들이 흩날리고 있었다. 아름답구나, 하고 나는 문득 생각했다"「여수의 사랑」 13면라는 독백에서 감지되듯 비극적 세계인식을 통해 고통과 아름다움을 연결 짓는 감수성의 세계는 당대 젊은 작가들과 공유되는 것이기도 하다.

『여수의 사랑』에 새겨진 비극적 세계인식과 예술가의 자의식이 분명한 방향성을 지니고 구축되기 시작한 것은 두번째 소설집인 『내 여자의 열매』부터이다. 『내 여자의 열매』는 여성 자아가 감지하는 일상의 균열과 폭력을 예민하게 묘파함으로써 한강 소설의 본격적인 변모를 암시한다. 부조리한 일상에 대한 환멸과 소통 불능이라는 절망은 가족과 결혼 제도의 균열을 그림으로써 구체화된다. 속세와 이상, 삶과 죽음, 몸과 영혼의 세계를 대비시키는 구도도 두드러지면서 예술적인 가치에 대한 초월적 지향이 더욱 간절한 열망으로 나타난다.[4]

---

4 불교 모티프를 품은 「붉은 꽃 속에서」와 「아기 부처」(이상 『내 여자의 열매』)에

표제작인 「내 여자의 열매」는 지상의 세계를 박차고 솟아오르려는 '식물'의 이미지가 개성적 서사와 결합한 사례이다. 이 소설은 『채식주의자』와의 연계성으로 잘 알려졌지만, 신화적 모티프의 적절한 활용이나 작품의 독창적 만듦새는 그 자체로 돌올하다. 작품은 남편과 아내의 목소리를 교차하며 탈주하고픈 아내의 열망과 그녀가 식물로 변신하는 환상을 그린다. 가난한 바닷가 마을에서 태어난 아내는 좁은 세계를 벗어나 자유롭게 살고 싶다는 마음으로 고향을 떠났다. 한때 그녀에게는 모아둔 돈을 모두 가지고 세상 끝까지 떠나보겠다는 열망이 있었으나 지금의 남편과 결혼하면서 도시의 삶에 적응하려 노력한다. 그러나 권태로운 부부 관계가 반복되고 갑갑한 도시의 삶이 이어지자 아내는 지금의 삶에서 탈주하기를 꿈꾸게 된다.[5]

여성의 몸이 식물로 변하는 신화적 모티프의 차용은 도시의 황폐한 일상을 견디지 못하는 주체의 결핍과 소외를 반영한다. 남편이 지향하는 안온한 도시 중산층 가족의 일상은 아내가 원하는 "자유롭게 살다가 자유롭게 죽는 것이 어릴 적부터의 꿈"18면이었던 여행자의 삶과 대조된다. 아내는 가난하고 답답

<hr>

서 종교적 세계는 비루한 일상을 견디는 예술가적 구도의 세계와 얽혀 있다.

[5] 「내 여자의 열매」와 『채식주의자』 관련 논의는 졸고 「포스트휴먼 시대의 젠더정치와 괴물-비체의 재현방식」(『비교문화연구』 50호, 2018)의 논지를 바탕으로 '목소리'의 서사적 구성이 소설의 주제에 기여하는 방식에 초점을 두고자 한다.

한 고향을 떠났지만 도시 공간에서도 안정을 찾지 못한다. 아내의 몸에 번져나가는 푸릇푸릇한 피멍과 식물로의 변신 과정은 그러한 세계에 대한 저항을 담아내는 강렬한 육체적 상징이다.

소설은 남편의 시점 뒤에 숨어 있던 아내의 목소리를 전면화하면서 주제 차원의 도약을 시도한다. 아내가 느끼던 고통은 사랑이 식어가는 과정에서 드러나는 권태와 환멸, 이기심과 폭력에서만 오는 것이 아니다. 본질적으로 그녀의 결핍은 고향을 떠나와 서서히 잃어버리게 된 삶의 본모습에 대한 갈증에서 기원한다. 아내는 어머니에게 보내는 편지에서 도시의 일상이 어떻게 그녀를 질식해왔는지 털어놓는다. 식물로 변해가는 과정에서 비로소 "보는 것, 듣는 것, 냄새 맡고 맛보는 것이 없어도 모든 것이 더욱 생생하게 느껴"32면지며 "바람과 햇빛과 물만으로 살 수 있게 되"33면는 삶을 원했음을 호소한다.

고향과 자연을 떠나온 아내는 억눌렸던 탈일상의 욕망을 병리적 증상을 겪으며 깨닫는데, 이러한 변화는 남편에게도 새로운 자각의 계기를 마련해준다. 이 소설을 아내가 식물로 변모하는 과정에만 초점을 맞추어 읽으면 진정한 주제를 놓치게 된다. 연애 시절, 외롭게 살아왔다며 사랑을 호소했던 남편은 반복되는 일상 속에서 시들어가는 아내를 이해하지 못한다. 삶의 감각을 잃어가는 고통을 호소하던 아내가 급기야 식물로 변하자 남편은 충격에 휩싸인다. "춤추듯이 아내의 머리카락이 솟구쳐 올라왔다. 아내의 번득이는 초록빛 몸이 내 물세례 속에서 청신

하게 피어나는 것을 보며 나는 체머리를 떨었다"30면는 구절에
서 드러나듯 아내의 변신은 남편에게도 잃어버린 감각의 본령
을 찾는 기회가 된다. 식물로 변한 아내가 쏟아낸 열매를 입에
넣고 씹어본 그는 쏘는 듯 신 첫맛과 씁쓸한 뒷맛을 감각한다.
"와락 피어나던 싱그러운 풀냄새"39면의 기억을 회복한 그는 아
내가 남긴 열매들로 화분을 만들며 다가올 봄을 기다린다.

아내가 식물로 변하는 과정은 사랑의 권태와 환멸, 문명
의 폭력에 대한 섬세한 고찰을 바탕으로 현실의 절망에서 한걸
음 나아간다는 의미를 담는다. 이야기는 상대방을 무심하고 이
기적인 타자로만 놓아두지 않고 그의 감각을 일깨움으로써 삶
의 참다운 본모습을 찾고자 하는 길을 함께 열어둔다. 이 결말
은 자칫 신화적 이미지에 갇힐 수 있는 변신 모티프와 젠더적
상상의 세계를 개성적으로 변주한다.

이 작품집에서는 성취작인 「내 여자의 열매」와 더불어
「흰 꽃」 역시 주목된다. 한강 소설에서 삶과 죽음의 경계를 돌
파하는 '밝은 세계'를 향한 지향은 '햇빛'과 관련한 이미지들
로 드러나는데, 단편 「흰 꽃」은 『흰』난다 2016, 개정판 문학동네 2018
과 『작별하지 않는다』문학동네 2021로 연결되는 단초들을 제공한
다. 무엇보다 이 소설은 일상과 역사를 연결하는 이미지의 서사
적 도약을 보여준다는 점에서 비범하다. 「흰 꽃」은 삶의 무기력
과 허무에 시달리던 화자가 어느 날 훌쩍 제주도 여행을 떠났다
가 돌아오는 이야기로 시작한다. 완도행 페리호에 함께 탑승한

승객들을 바라보며 화자는 직장을 떠나 두달 동안 제주도에 머물며 경험한 감각의 새로움을 떠올리는데, 여기에 자연스럽게 놓이는 것이 제주 4·3의 역사와 '생빈눌'에 대한 이야기다. 제주도의 전통적 장례 방식인 생빈눌은 장례를 지낼 좋은 날을 받지 못했을 때 임시로 만들어두는 초분草墳을 뜻한다. 화자가 머물던 제주도 숙소의 주인은 4·3 때 남편이 총에 맞아 죽고 혼자 자식들을 키웠던 힘겨운 과거와 "사람들이 줄줄이 서서 총 맞던"330면 참상의 흔적이 그대로 남은 마을공동체의 아픈 역사를 털어놓는다. 그녀의 고통스러운 이야기는 폐병으로 맏아들마저 잃게 된 후 골목 뒷숲에 생빈눌을 마련하고 "젊은 몸뚱이가 썩어가는 냄새를 맡"같은 면으며 택일을 기다려야 했던 기막힌 사연을 고백하는 대목에서 절정에 달한다. 남편과 아들을 잃은 한 여성의 비극적 생애에 담긴 폭력과 죽음의 참상은 50년의 세월을 가로질러 햇빛과 나비, 리본, 꽃의 환한 빛깔들 속에 스며들어 현재적 세계로 저장된다. "어두운 밥집에서 묵묵히 밥을 먹는 동안"338면 비쳐드는 햇빛을 통해 서서히 회복의 힘을 충전하는 소설의 결말은 일상과 역사, 삶과 죽음을 함께 사유하려는 한강 소설 특유의 지향성을 보여준다. 이렇듯 이미지를 변주하며 일상과 역사의 접점을 만드는 도약은 이후의 한강 소설들에서 활용되는 고유의 서사적 전개 방식이 된다.

3. '목소리'의 비밀,
삶의 본모습을 찾아서

한강의 소설에서 여성으로서 자각하는 가부장제의 현실은 개인들이 부조리한 세계를 인식하는 중요한 통로이다. 몸의 변신을 통해 세계의 구조적 폭력을 일깨우는 문제의식은 연작소설 『채식주의자』로 이어진다. 『채식주의자』는 가부장적 억압과 사회적 금기에 맞서는 개성적인 서사 구도를 통해 페미니즘 비평 영역에서도 풍부한 해석의 역사를 쌓아온 텍스트이다. 자본주의 근대문명의 폭력성에 대한 근원적 통찰, 가부장적 억압에 맞서는 젠더적 저항, 예술과 삶의 관계, 몸의 철학적 의미, 트라우마와 애도 등 이 소설이 촉발하는 다채로운 비평적 키워드는 다방면에서 논의들을 진척시켜왔다.[6]

「채식주의자」「몽고반점」「나무 불꽃」의 3부로 구성된 연작소설 『채식주의자』는 각각의 단편이 독립적인 이야기를 구사하면서도 시점을 달리하는 하나의 서사로 읽힌다. 육식을 거부하는 여성 인물 '영혜'를 중심에 두되 직접적인 화자로 등장시키지 않는다는 점이 특징이다. 연작의 '숨은 화자'로 놓인 영

---

[6] 작품에 드러나는 젠더적 주체의 가능성을 적극적으로 읽어내는 학술 성과로 다음을 참고할 수 있다. 신수정 「한강 소설에 나타나는 '채식'의 의미」, 『문학과 환경』 9권 2호, 2010; 김미현 『젠더 프리즘』, 민음사 2008; 우미영 「주체화의 역설과 우울증적 주체」, 『여성문학연구』 30호, 2013; 정미숙 외 『한강, 채식주의자 깊게 읽기』, 더스토리 2016.

혜는 세편의 이야기를 관통하면서 현실과 환상, 인간과 비인간의 경계를 넘나드는 '목소리'를 창조한다. 영혜가 음식을 거부하고 죽음에 이르는 과정에서 보이는 몸의 변화는 인간과 비인간, 동물과 식물의 통상적인 구분을 벗어난다. 이러한 소설 속 영혜의 이야기는 서구적 근대문명 특유의 이분법적 체계를 비판하면서도 그 체계에 매이지 않는 독창적 화법이자 '목소리'를 발명하는 과정으로 읽어볼 수 있다.[7]

각각 영혜의 남편, 형부, 언니의 시점으로 서술된 세편의 연작은 영혜를 향한 사회적 억압과 시선의 폭력성을 선명하게 포착한다. 「채식주의자」의 화자인 남편은 아내 영혜의 기이한 행동과 육식 거부를 이해하지 못한다. 그는 오히려 폭력적인 아버지에게 깊은 트라우마가 있는 영혜를 다시 폭력적인 상황에 직면하게끔 방조한다. 아내의 의사와 상관없이 강제로 섹스를 시도하는 남편은 아내가 육식을 거부한다는 이유로 아버지에게 뺨을 맞고 자해 시도를 벌이는 것도 냉담한 눈길로 바라본다. "이 이상하고 무서운 여자와 내가 단둘이 한집에 살아야 한다는"65면 사실을 견디지 못하는 남편은 그녀가 고통에 시달리

---

7 시점 및 인칭 개념과 관계되는 '목소리'(voice)는 우리가 서사를 '듣는다'고 생각하는 감수성을 뜻한다. 영문학자 H. 포터 애벗(H. Porter Abbott)은 '목소리'의 감수성을 스토리 속 사건과 인물을 본다고 생각하는 '초점화'의 감수성과 매우 가까운 개념으로 정의한다. 더 나아가 '목소리'는 "인물의 성격에 대한 독자들의 감각"을 우리에게 알려주며, 서술되는 스토리의 분위기를 조성하는 데 중요한 역할을 한다. H. 포터 애벗 『서사학 강의』, 우찬제 외 옮김, 문학과지성사 2010, 144~45면.

는 상황을 외면한다.

형부의 시점으로 포착한 영혜의 모습을 그린 「몽고반점」 은 예술이 넘어서려는 금기의 열망을 읽어내면서도, 한편으로 그러한 지식인의 허위 욕망에 대한 비판과 희화화를 놓치지 않 는 작품이다. 소설은 예술을 빙자하지만 결국 성적 욕망에서 자 유롭지 않은 남성 인물이 스스로의 민낯을 확인하는 '어두운 풍 자'의 방식을 부각한다. 화자가 결코 해독하지 못하는 영혜의 꿈과 욕망은 그녀가 남성 주체의 시선에 쉽게 포획되지 않는 존 재임을 알려준다. 형부가 가까스로 알 수 있는 건 영혜가 "어떤 성스러운 것, 사람이라고도, 그렇다고 짐승이라고도 할 수 없는, 식물이며 동물이며 인간, 혹은 그 중간쯤의 낯선 존재"128면라 는 사실뿐이다.[8]

연작의 다른 화자들과 비교할 때 「나무 불꽃」의 '인혜'는 이러한 영혜의 존재를 가장 깊이 자각하는 인물이다. 남편과 동 생이 정사를 벌이는 장면을 본 그녀는 그들을 신고하여 각각 유 치장과 폐쇄병동에 가둔다. 인혜는 정신병원에 입원한 동생 영 혜가 음식을 거부하고 육체적으로 소진되어가는 과정을 바라

---

[8] 「몽고반점」에서 푸른빛 몽고반점의 이미지를 매개로 영혜와 형부가 벌이는 정사는 다층적 해석의 장을 연다. 신수정은 이 장면에서 여성의 식물적 이미 지가 섹슈얼리티로 발현되는 과정을 주목하며, 이는 에코페미니즘에서 이 야기하는 '영성' 개념으로 이해할 수 있다고 본다(신수정, 앞의 글 203~204 면). 문학평론가 한기욱은 "영혜의 존재적 추구가 이 세상으로부터 탈출을 꿈꾸는 형부의 예술작업과 친화적"인 지점을 짚는다(한기욱 「촛불민주주의 시대의 문학」, 『문학의 열린 길』, 창비 2021, 65면).

보며 자기 안에 잠재한 분노와 욕망을 발견한다. 폭력적 세계를 거부하는 영혜의 마음을 뒤늦게 이해하고 스스로의 허위적 삶을 깨닫는 인혜의 고통스러운 자각은 영혜라는 존재가 동반되었기에 이룰 수 있는 각성이다.[9] 마지막 장면에서 "활활 타오르는 도로변의 나무들을, 무수한 짐승들처럼 몸을 일으켜 일렁이는 초록빛의 불꽃들을 쏘아"268면보는 인혜의 모습은 영혜로 인해 변화한 자기 자신을 마주하는 과정으로 읽힌다. 남편, 형부, 언니 세 인물의 목소리를 통과해 영혜라는 존재가 궁극적으로 도달하고자 하는 곳은 어디일까. 사실 이 소설은 독자들이 영혜를 가족폭력에 희생된 대상으로 단순화하거나 반대로 환원 불가능한 고립된 인물로 판단하도록 순순히 놓아두지 않는 데서 재현의 리얼리티를 획득한다. 「내 여자의 열매」의 아내와 달리 영혜에게는 식물적 변신이라는 길도 허용되지 않는다. 그녀는 모든 음식과 치료를 거부한 채 자신을 가두는 시스템에 끝까지 저항한다.

　　무엇보다 영혜의 목소리가 지니는 절박함은 세 인물이 각자 안고 있는 불안과 결핍을 파고들며 그들 자신이 망각한 삶의 '본모습'에 대해 묵직한 질문을 던지는 데서 그 의미를 드러

9　문학평론가 최원식이 이 연작의 주제와 인혜의 "견인주의자"적 특성을 연결하는 지점도 흥미롭다. 그런데 「나무 불꽃」에서 영혜를 대상화된 인물로 한정하거나 그녀의 자기폭력을 수동성으로만 규정하면 이 소설이 지니는 여성 주체의 입체성을 이해하기 어려워진다. 최원식 「우리 시대 한국문학의 두 촉」『문학과 진보』, 창비 2018, 220면.

낸다. 여기에는 몸과 마음, 인간과 비인간, 예술과 삶, 현실과 이상이라는 관념적 대립 구도를 해체하고 넘어서려는 분투가 실려 있다. 현실의 부조리에 쉽게 타협할 수 없는 존재들의 치열한 항거를 보여주는 과정은 가부장적 현실에 저항하고 근대 자본주의 문명에 대한 치열한 비판적 사유를 드러낸다는 점에서 깊은 공감대를 형성한다.

『채식주의자』에서 드러난 소설적 목소리의 입체성은 이후 장편 『소년이 온다』창비 2014의 서사적 실험과 연계된다는 점에서도 의미가 깊다. 가부장적 억압과 근대문명의 폭력에 저항하는 존재의 분투는 『소년이 온다』에서 '동호'의 목소리를 통해 국가폭력의 참상을 조명하는 것으로 이어진다. 5·18 광주 민주화운동을 배경으로 하는 『소년이 온다』는 학살과 고문 피해자들이 토로한 증언의 세계를 소설의 중심부에 놓으면서 '소년' 동호의 목소리를 처음부터 끝까지 관통시킨다.[10] 소설은 시위대에 휩쓸렸다가 총을 맞고 쓰러진 친구를 찾는 동호의 이야기로 시작해 정대의 혼, 김은숙, '나', 임선주, 동호 어머니 등의 목소리를 교차해나간다. 동호는 각 장의 서사를 연결하는 중요한 고리인 동시에 여러 인물의 기억과 상상 속에서 조립되는 인물이다. 현재로 옮겨올수록 동호라는 존재는 완결된 기억 속 인물이

---

10 『소년이 온다』에서 시점의 교차를 통해 진행되는 증언의 형식과 그것이 놓인 역사적 시간대의 의미에 대해서는 졸저 「역사를 호명하는 장편소설」, 『사소한 이야기의 자유』, 창비 2018 참조.

아니라 복잡한 질문을 떠안는 개방된 의미로 다가오면서 에필로그 화자인 '나'의 해석을 통해 작품의 주제로 이동해간다.

역사적 기억을 문학적으로 증언하려는 강렬한 욕구와 더불어 그것을 새기고 재해석할 공동체를 끊임없이 호명하는 목소리의 확장은 『채식주의자』를 발판으로 한다는 점에서 의미 있다. 이러한 목소리의 발견은 소설 장르를 쇄신하는 '시의 경지'와 연결해 생각해볼 수 있다. 문학평론가 백낙청이 "소설 또한 '시의 경지'에 달할 때 비로소 언어예술의 한 장르로서 그 고유한 몫을 다할 수 있다"[11]고 강조한 대목을 환기한다면 소설의 성취 역시 현실의 정교한 인식을 바탕으로 한 최선의 예술형식을 찾아내는 데서 이루어진다. 궁극적으로 소설예술이 확보하는 재현의 핍진성은 현실에 대한 창조적 사유를 기반으로 한다는 점을 확인하게 되는 대목이다.

4. 삶 속의 예술, 예술 속의 삶

『채식주의자』에서 『소년이 온다』로 가는 길목과 연결되는 인상적인 소설집은 『노랑무늬영원』이다. 작가는

---

11 백낙청 「외계인 만나기와 지금 이곳의 삶」, 『문학이 무엇인지 다시 묻는 일』, 창비 2011, 27면.

이 사이 출간한 장편 『바람이 분다, 가라』문학과지성사 2010와 『희랍어 시간』문학동네 2011을 두고 "세계에서, 결국 인간으로서 살아가야 하지 않나" 하는 질문이 "세계를 인간으로서 살아낼 수 있다면, 그건 무엇으로써 가능한가"에 대한 탐구로 이어지는 과정이라고 설명한다.[12] 인간의 존엄성을 탐색하는 주제와 연결되는 『노랑무늬영원』은 『채식주의자』의 강렬한 정동을 간직하면서도 그것을 일상 속 현실적인 모색으로 이끄는 시도를 보여준다. 특히 이 소설집은 다양한 젠더 정체성을 탐구하며 제도적 관계의 억압과 사랑의 상실이 주는 고통에 천착한다. 소설 속 인물들을 결핍과 고립에 시달리게 하는 삶의 장벽은 평범한 일상의 습속과 부딪치는 예술적 열망의 세계라고 할 수 있다. 「노랑무늬영원」의 그림, 「밝아지기 전에」의 소설, 「에우로파」의 음악은 인물들이 겪는 고통과 치유의 과정에 깊숙이 개입하는 예술행위로 놓여 있다. 이 작품들은 쓰라린 상처를 투시하면서 그것을 넘어서려는 '적응과 극복'의 치열한 정신적 분투를 보여준다.

　　「노랑무늬영원」은 예술과 삶의 관계를 통해 인간 존재의 취약성을 들여다보는 묵직한 감동을 선사하는 작품이다. 이 작품에는 한강 소설의 페미니즘이 지닌 풍부함과 복합성이 잘 구

12　김연수·한강 「사랑이 아닌 다른 말로는 설명할 수 없는」, 『창작과비평』 2014년 가을호 318면.

현되어 있다. 주인공 ‘나’는 교통사고 후유증으로 손을 움직이지 못하게 되었다. 그림을 향한 열망을 절대적인 것으로 여겨왔던 ‘나’에게 손을 쓸 수 없다는 것만큼 끔찍한 고통은 없다. 투병 과정에서 남편과의 관계는 걷잡을 수 없이 황폐해진다. “환자. 한 남자의 골칫덩어리. 때로 오른손이 악화되면 자신이 쓴 물컵 하나 선반에 뒤집어놓을 수 없는, 철저히 쓸모없는 존재”222면로 전락하는 고통 속에 아낌과 보살핌의 마음은 적대와 체념으로 변해간다. “서로에 대한 배려, 이타적 관계, 우정, 동료의식 들은 강 저편에 남았다. 애초에 완전한 타인이었다는 것 ― 그 한 가지 명료한 사실만이 이편의 강가에 남았다”234면는 ‘나’의 조용한 고백은 황막한 일상을 잔혹하게 들여다보면서도 “뚜렷한 희망을 보장받을 수 없는 희생”243면에 지쳐버린 상대방의 모습을 놓치지 않는다. “저 사람은 이런 사람이 아니었다. 기본적으로 심성이 여리고 다정했었다. 그러나 닳아간다. 타이어가 닳는 것처럼, 이런저런 일들을 몸으로 겪으면서. 그와 나만 그런 것은 아닐 것이다”244~45면라는 아픈 자각은 예술적 세계에 몰입한 탓에 자신의 삶이 놓쳐버린 지점을 환기한다.

　　그러나 체념과 자책만으로 삶의 새로운 출구가 모색되지는 않는다. 마음의 전환과 도약은 강렬한 생의 의지를 촉발하는 ‘다른’ 세계와의 만남에서 온다. 그림 그리는 일을 접고 평범한 엄마로서 일상을 살고 있는 친구 ‘소진’이 전해온 소식을 통해 ‘나’는 젊은 시절 만난 한 남자와의 설레던 순간들을 떠올린다.

"나무와 하늘, 빛을 받은 잎사귀들. 내가 찍은 그의 프로필, 내 사진 석 장. 얼음 덮인 바위틈의 연둣빛 싹"284면의 기억은 화가 'Q'의 그림이 주는 예술적 감응과 더불어 주인공에게 삶의 의지를 서서히 불어넣는다.

소설의 중심 상징으로 놓인 '노랑무늬영원'Fire Salamande 이라는 이름을 가진 도마뱀 일화는 이러한 마음의 전환을 일으키는 매개이다. 소진의 다정한 전화에서 "따뜻함, 반가움, 기쁨—그 일련의 감정들을 낳는 미세한 씨앗 같은 것"239면을 느낀 나는 그녀의 집에서 '노랑무늬영원'을 만난다. 한때 앞발이 잘렸던 도마뱀의 몸에 새로 돋아난 "원래 있어야 할 발보다 조그맣고 연약한, 투명한 흰빛의 두 발"274면은 삶을 회복하려는 '나'의 의지를 끌어내는 상징이다.

나는 입술을 물고, 선잠에 새겨졌던 낯선 꿈을 되짚어본다. 내 두 손목에서 돋아난 투명하고 작은 새 손, 열 개의 투명한 손가락들을 나는 똑똑히 보았다. 내 팔뚝에 새겨진 선명한 노랑무늬가 신비해 팔을 들어 올렸다. 해를 등진 잎사귀들처럼, 내 팔뚝이 투명한 레몬빛이 되었다.295면

도마뱀의 노랑무늬가 몸에 옮겨지는 환영은 '나'가 갈망했던 예술의 아름다움이 삶 한가운데서도 추구될 수 있음을 명징하게 알려준다. 소설은 예술과 삶이 공존할 수 없다는 절망과

회의에서 시작하여, 예술을 대하는 참다운 질문 찾기가 삶의 본모습을 찾는 길이 될 수 있음을 조용히 웅변한다. 결혼과 교직 생활로 붓을 놓았던 소진의 가슴에 간직된 예술적 열망 역시 아쉬움의 감정만은 아닐 터이다. 소진이 사랑과 환대로 충일한 일상을 살 수 있는 것도 예술이 삶에 스며든 결과일 수 있다. '나'는 예술을 향한 근원적 열정을 확인하는 동시에 다양한 방식의 수많은 삶의 가능성 역시 겸허하게 들여다본다. 그런 점에서 이 작품은 자기 자신의 마음을 닦고 돌보는 긴 분투 속에서 타인과의 유대 역시 가능함을 실감하게 만든다.

한강의 문학은 인간 존재의 연약함을 담담하게 투시하면서도 고통의 취약성에 매몰되기를 거부하고 세상과의 유대를 찾는 간절한 마음의 동력을 제시한다. 황막한 일상을 가로지르는 고통의 기억을 딛고 '다른' 세상으로 도약하려는 분투는 유령적 존재와의 만남을 통해 구원과 평화라는 주제를 탐색하는 수작 「눈 한송이가 녹는 동안」(『창작과비평』 2015년 여름호)으로 연결된다. 이 아름다운 단편은 성차별적인 고용 현실에 상처받고 고립된 인물들이 삶과 죽음의 경계를 뛰어넘어 도모하는 유대를 감동적으로 그려낸다. 내면에 깊이 머무르던 각자의 고통이 기억의 소통 속에 풀려나오는 과정은 '찰나'이면서 '영원'으로 포착된다. 『소년이 온다』가 더하는 역사적 시공간의 세계와 더불어 시적 산문의 실험적인 정점을 보여주는 『흰』, 그리고 제주 4·3의 역사적 상상력을 잇는 『작별하지 않는다』 역시 앞으로 한강 문학

에서 풍부한 해석을 더해갈 작품들이라고 할 수 있다. 이 작품들
의 변모와 확장은 젠더적 목소리가 바탕이 된 한강의 문학세계
가 앞으로 펼쳐갈 또다른 가능성들을 헤아려보게 한다.

'시적인 산문'이라는 평가에 대하여

한강의 작품세계와 시

송종원

宋鐘元　문학평론가, 서울예대 문예창작과 교수. 주요 평론으로 「사실, 역사, 그리고 시」 「살아 있는 역시와 좋은 시의 언어: 신동엽론」 「돌봄은 어떻게 문학이 되는가」 「되찾은 '님'의 시간」 등이 있음.

1. 한강의 소설과 한국시

한국은 시가 두텁게 살아 있는 나라이다. 서점에서 시집 코너가 이렇게 큰 비중을 차지하고, 시선詩選 시리즈를 몇십년간 발간해온 출판사도 여럿 있는 나라는 세계적으로 드물다. 이번 노벨 문학상 심사평에 '시적인 산문'이라는 말이 등장한 바탕에도 한국시의 전통이 어느 정도 기여했으리라 생각한다. 그런데 노벨 문학상 심사위원들은 한강의 작품들에 실제로 시가 용해되어 있음을 추측할 수 있다는 사실을 알았을까. 가령 그의 초기작 「진달래 능선」『여수의 사랑』, 문학과지성사 1995 만 해도 떠올려볼 만한 시가 다수 있다. '진달래'가 들어간 제목에서 소월풍이 감지되는 이 단편소설은 아이를 잃은 사내와 그의 집에 세 들어 살게 된 한 남자의 사연을 그리는데, 이 남자 역시 헤어진 가족의 생사를 알 수 없는 처지이다. 죽은 아이가 좋아했던 나무를 태우며 심중에 남은 말이 많다고 회고하는 사내의 이야기는 소월의 시 「초혼」1925을 연상할 법하다. 더불어 세상을 떠난 아이에게 가닿을 수 없는 거리를 꽃나무를 통해 그려 보이는 대목[1]은 이상의 시 「꽃나무」1933[2]와 닮아 있다. 그뿐만이 아니다. 가족을 잃은 화자가 여동생 또래의 처녀들이 떼 지어 몰려가는 모습을 보면서 들뜬 희망을 환각처럼 느낄 때, 이 장면과 감정 상태는 서정주의 시 「부활」1939[3]과 궤를 같이한다. 마지막으로 한강의 초기작에 종종 등장하는, 아픈 청춘의 형상과 특별한 병이 없음을 진단받는 상황은 윤동주의 「병원」1940[4]을 떠올려봄 직하다.

이는 초기작 「진달래 능선」만의 예외적인 속성이 아니다. 장편소설 『희랍어 시간』문학동네 2011의 남자 주인공이 라일락 꽃그늘 아래에서 여자 인물과 다른 이가 입맞춤하는 모습을 본 뒤 그 순간을 떠올릴 때마다 라일락 향을 기억하는 장면에는

---

1 "한없이 넓고 황량한 벌판에, 나무 한 그루 없는 곳에 그 아이가 서 있소. 한마디 말도 없이 말이오……"(「진달래 능선」 259면).

2 "벌판한복판에 꽃나무하나가있소 근처에는 꽃나무가하나도없소 (…) 꽃나무는제가생각하는꽃나무에게갈수없소"(이상 「꽃나무」, 『나는 장난감 신부와 결혼한다』, 박상순 엮음, 민음사 2019).

3 "종로 네거리에 뿌우여니 흩어져서, 뭐라고 조잘대며 햇볕에 오는 애들. 그 중에도 열아홉 살쯤 스무 살쯤 되는 애들. 그들의 눈망울 속에, 핏대에, 가슴속에 들어앉어 수나! 수나! 수나! 너 인제 모두 다 내 앞에 오는구나"(서정주 「부활」, 『미당 서정주 전집 1』, 은행나무 2015).

4 "나도 모를 아픔을 오래 참다 처음으로 이곳에 찾아왔다. 그러나 나의 늙은 의사는 젊은이의 병을 모른다. 나한테는 병이 없다고 한다"(윤동주 「병원」, 『하늘과 바람과 별과 시』, 미래사 1991).

'시적인 산문'이라는
평가에 대하여

이시영의 시「라일락 향」『무늬』, 문학과지성사 1994이 녹아 있다. 사랑에 빠진 감각을 눈꺼풀이라는 사물과 귀신에 홀린 듯한 일에 비유할 때는 김행숙의 시「눈꺼풀 속에 눈꺼풀이 감길 때」『사춘기』, 문학과지성사 2003가 연상된다. 또한 고통이 있는 곳이라면 어디든 존재하는 관음보살의 형상을 마치 내리는 눈처럼 그린 단편소설「눈 한송이가 녹는 동안」『창작과비평』 2015년 여름호에는 한국어로 시를 쓴 일본 국적의 시인 사이토 마리코齋藤眞理子의「눈보라」『입국』, 민음사 1993, 개정판『단 하나의 눈송이』, 봄날의책 2018의 잔영이 어른댄다. 「눈보라」에 담겨 있는 이 세상에 단 두 사람만 남은 듯한 분위기, 그리고 좁은 길에서 만난 두 사람이 각자 눈보라를 헤치며 오래 걸어온 사람임을 알아보며 서로에게 길을 내어주는 평화의 기운은「눈 한송이가 녹는 동안」에도 배음처럼 깔려 있다. 마지막으로『채식주의자』속 *"내가 믿는 건 내 가슴뿐이야. 난 내 젖가슴이 좋아. 젖가슴으론 아무것도 죽일 수 없으니까"*창비 2007, 개정판 2022, 50면라는 '영혜'의 발언에서 신동엽의 "껍데기는 가라./(…)/향그러운 흙가슴만 남고/그, 모오든 쇠붙이는 가라"[5]는 목소리가 겹쳐 들린다면 과장일까.

이렇게 본다면 한강의 작품은 다시 한번 시가 두텁게 살아 있는 나라인 한국의 면모를 알아보게 만든다. 그의 소설에서 감지되는 시적 기운은 작품 곳곳에 스민 한국시의 여러 장면과

---

5 신동엽「껍데기는 가라」, 『신동엽 시전집』, 창비 2013.

이미지 덕분이기도 할 것이다. 그의 산문에서 활발하게 일어나는 시들과의 교류는 소설 속 한 장면을 감각적으로 형상화하고 때로는 작품의 전체 구조 내지 분위기를 구성하는 역할을 한다. 물론 이는 한강 소설이 보유한 시적인 면모의 일부분일 뿐이겠지만, 그의 작품을 읽는 과정에는 한국시를 읽는 일이 내재되어 있다고도 볼 만하다.

2. 시와 의미 혹은 리얼리티

사람들이 예술작품을 경험한 뒤 '섬뜩함'이나 '귀기鬼氣'를 느꼈다고 토로할 때가 있다. 예술작품 안에서 파악하기 힘든 낯섦을 감지하거나 말로 설명하기 힘든 무언가를 보았을 때 주로 그런 표현이 등장하는데, 이를 문학과 관련한 어휘로 바꾸면 어떤 의미에 직관적으로 가닿은 '시적인 것'이라고도 할 수 있다. 시적인 것이 무엇인지는 후술하기로 하고, 우선 노벨 문학상 수상 직후 대중이 한강의 작품을 둘러싸고 놀라움과 경계심을 동시에 표한 일 역시 앞의 맥락으로 말해볼 수 있다. 이는 대중이 단순히 성性적인 대목을 문제 삼은 것이 아닐 가능성이 크다. 그보다는 작품이 지닌 불편함 또는 섬뜩함을, 외설을 빌미 삼아 방어하는 모습인지도 모른다.

『채식주의자』와 『소년이 온다』창비 2014 등을 영어로 번역한 데버라 스미스Deborah Smith는 『채식주의자』에 대해 "사회 금기에 도전하는" "잔혹하고도 지극히 시적인 연작소설"[6]이라 언급한 바 있다. 시적이라는 말을 좀더 구체적으로 설명하는 대목에서 그는 "작품 특유의 분위기와 어조와 결이 하나의 정제된 이미지로 다가오"며 "생생한 인상"을 받는다고 쓴다. 그리고 이것이 이 작품을 사회학적 보고서와 구별 짓는 특성이라는 메시지를 더한다. 그는 『채식주의자』의 어조와 분위기를 "단정적인 어조와 무심함"이라 표현하기도 하는데 아마도 이는 작품에서 영혜라는 인물이 취한 주체적 태도와 관련될 것이다. '단정적인 어조'는 '단호함'이라고도 말할 수 있겠는데, 『채식주의자』에서 영혜는 '싫어'와 '아니'라는 말을 구차한 설명 없이 칼같이 내뱉음으로써 강력한 부정의 목소리를 구사하는 인물이다. 또한 '무심함'이란 영혜가 속된 세상으로부터 취한 어떤 거리감을 감지하는 말처럼 해석된다. '결'이라는 말은 무엇이었을까. 그것을 무늬로 푼다면 말의 무늬인 문체를 말하는 듯 보인다. 대체로 수긍이 갈 만한 해석이고 표현이다. 하지만 좀더 살필 대목이 없는 것은 아니다.

작품 속 한 대목을 두고 시적인 것에 대해 더 탐구해보기로 하자.

---

6 데버라 스미스 「자극하고, 불편하게 만들고, 질문하고」, 이예원 옮김, 『대산문화』 2016년 여름호.

언니. ……세상의 나무들은 모두 형제 같아. 『채식주의자』 210면

세상의 나무를 형제라고 돌려 말하는 방식은 비유라고
설명할 것도 없이, 한국어 사용에 익숙한 사람이라면 누구나 시
적이라고 느낄 만한 문장이다. 그런데 한강의 작품이 주는 시적
인 인상은 저 같은 수사의 사용에 머무르지 않는다. 그보다 범
위가 더 크다. 인용한 구절은 「나무 불꽃」에서 '인혜'가 동생 영
혜를 정신병원에 입원시키는 장면으로, 말을 거의 하지 않던 영
혜가 드물게 입을 열어 읊조린 내용이다. 병실의 쇠창살 너머로
보이는 나무를 바라보며 나온 표현이며, 동생을 입원시키며 무
거운 죄책감에 사로잡힌 언니를 옆에 두고 흘러나온 소리이다.
현실의 자매 한명이 다른 한명을 정신병원에 가두는 중이고, 갇
힘당하는 존재가 쇠창살 너머 저편의 나무에서 우애를 느끼는
상황. 작품 속에 시적인 문장이 한줄 새겨진 것이 아니라 시적
인 상황 하나가 통째로 던져져 있는 셈이다. 비정한 인간과 유
정有情한 사물이 한 장면 안에 제시된 아이러니는 인간들 사이
의 '자매'란 무엇인가를 묻게 한다. 이후 자연스럽게 '가족'에
대한 질문을 더할 수 있으며, 더 나아가 가족 바깥의 '세계'에
대해서도 묻게 된다. 우리는 이렇게 한강의 작품에 시적인 것이
발동하는 장면 하나를 보았다.

아까는 대체 뭘 하고 있었던 거야?

……언닌, 알고 있었어?

대답 대신 영혜는 물었다.

……뭘?

난 몰랐거든. 나무들이 똑바로 서 있다고만 생각했는데…… 이제야 알게 됐어. 모두 두 팔로 땅을 받치고 있는 거더라구. 봐, 저거 봐, 놀랍지 않아?

영혜는 벌떡 일어서서 창을 가리켰다.

모두, 모두 다 물구나무서 있어. 『채식주의자』 215~16면

동생 병문안을 왔다가 병동 안에서 '물구나무서기'라는 특이행동을 반복하는 영혜를 처음 알아본 인혜가 동생과 대화를 나누는 장면이다. '나무'에 자매와 같은 친밀감을 느낀 존재가 얼마 뒤 '물구나무'를 서고 또한 나무들이 물구나무를 서 있다고 느끼는 상황. 이런 장면 전환 또한 시적이다. 시는 의미적 유사성만이 아니라 소리와 문자의 형태까지도 연상의 소재로 활용하며 전개되는 특징이 있는데, '나무'에서 '물구나무'로의 이어짐은 그런 면에서 꽤 자연스럽다. 그런데 이 전환에서 시적 방법으로서의 연상 작용보다 더 중요한 지점은 거꾸로 선다는 것 자체이다. 영혜라는 인물의 자리가 세상에 거꾸로 선 자리이다. 세상 사람들이 '이러해야 한다'고 말할 때 '그러고 싶지 않다'고 말하는 자리라는 의미이다. 거꾸로 서서 꿈을 꾸는 자리

라고 부를 만도 하다. 여기서 더욱 주목해야 하는 것은 무엇에 대항하여 거꾸로 서 있는가, 바로 그 내용이다.

「내 여자의 열매」에 기원을 두는 영혜는 '굶주린 자'이며 '헐벗은 자'이고 '목마른 자', 그리고 '집이 없는 자'의 형상에 가깝다.[7] 영혜를 '식물 되기'를 수행한 것으로 읽어내는 독법에는 조금 문제가 있다. 식물을 둘러싼 다양한 상상력, 특히 신화적 상상력 차원에서 이를 순수한 태초로 돌아가려는 의지로만 해석한다면 독자를 몰역사적인 상징언어 속으로 빠져들게 만들 위험이 작동한다. 인물이 처한 현실과 역사적 맥락을 덜 읽어낼 가능성이 생기는 것이다. 식물보다 중요한 것은 그의 반란 내지 항거이다. '어디에 살고 무엇을 입고 무엇을 먹는지'가 중요해진 세계에서, 영혜는 '우리가 먹는 것이 무엇이고 입는 것은 또 무엇이며 무엇에 갈증을 느끼며 살고 있는지, 그리고 여기에 더해 우리가 서로에게 무엇이 될 수 있는지'를 물어볼 수 있게끔 극한의 박탈 상황으로 자기 자신을 몰고 간다. 그 자리에서 그는 현실이 강요하는 '먹는 행위'(집어삼킨다는 말이 더 어울릴 듯한)를 거부하고 그 대신 '삶의 의미'를 먹는다. 아니, 음미한다. 여기가 바로 한강의 작품 속 시적인 것의 중심이다. 시

[7] 「내 여자의 열매」(『내 여자의 열매』, 창작과비평사 2000, 개정판 문학과지성사 2018)의 등장인물인 아내는 먹는 것을 힘들어하고, 옷을 벗어던지고 싶어하며, 물을 계속 원하고, 집 밖으로 나가고 싶어하는데 「채식주의자」 영혜의 증상과 거의 같다. 또한 이는 기독교에서 특별한 주목과 보살핌을 필요로 하는 '굶주린 자, 헐벗은 자, 목마른 자, 집이 없는 자'의 형상과도 유사하다.

를 떠올리면 생각하게 되는 이미지나 분위기, 어조 등은 이러한 음미를 위한 방편에 불과하다. 시는 최종적으로 삶의 의미를 묻는 자리에 이르러 완미한 상태가 된다. 저 의미 내지 진실에 가 닿으려는 치열한 탐구에는 늘 시적인 것이 작동하기 마련이다. "현실의 정확한 인식은 '시적' 창조의 과정에서만 가능"[8]하다는 말을 새삼 다시 떠올리게 된다.

3. 영혼과 영원,
시(민)적 덕성과 시적 시간

한강 작품에서 시적인 것을 논하는 자리라면 당연히 한강의 시에 대해서도 말할 필요가 있겠다. 그의 시와 소설은 상당히 밀접한 영향 관계에 있으며 동일한 근원을 지닌 언어의 자장 속에 자리한다. 가령 '파란 돌'이라는 제목의 작품이 시『서랍에 저녁을 넣어 두었다』, 문학과지성사 2013와 소설『노랑무늬영원』, 문학과지성사 2012 모두에 있으며 거기서 다루는 꿈이 유사하다는 점은 아주 작은 사례일 뿐이다. 두 장르의 언어는 주제 면에서도 결정적으로 공유하는 지점이 있다. 이로 인해 한강의 시

---

8 백낙청「리얼리즘에 관하여」,『민족문학과 세계문학 2/민족문학의 현단계』, 창비 2022, 402면.

를 읽는 일은 한강의 소설을 더 깊이 이해하는 일로 우리를 이
끈다. 물론 그 역逆도 마찬가지이다.

어느
늦은 저녁 나는
흰 공기에 담긴 밥에서
김이 피어 올라오는 것을 보고 있었다
그때 알았다
무엇인가 영원히 지나가버렸다고
지금도 영원히
지나가버리고 있다고

밥을 먹어야지

나는 밥을 먹었다

— 「어느 늦은 저녁 나는」 전문

한강의 유일한 시집 『서랍에 저녁을 넣어 두었다』에 수
록된 이 짧은 한편의 시에 한강 작품의 모티프가 꽤 많이 흩어
져 있다. 우선 '흰빛'이 있다. 흰 밥공기와 그 안에 담겼을 쌀, 그
리고 거기서 피어오르는 하얀 김 등 저 순하고 고요한 흰빛이
먹먹하게 시선을 붙잡는다. 그의 작품에서 '흰빛'은 어떤 순결

한 것, 더럽혀지지 않은 것을 반복적으로 암시한다.[9] 중요한 점은 그것이 특별한 외부에만 있지 않고 나의 내부에서도 발견된다는 사실이다. 다음으로 '먹는 행위의 어려움'이 있다. 「내 여자의 열매」와 『채식주의자』에 그려진 일종의 금식 내지 먹는 행위 앞의 주저함은 과연 무엇일까. 작가는 「어느 늦은 저녁 나는」의 상황과 거의 유사한 모습을 소설 『흰』에서도 적은 바 있다. "방금 지은 밥을 담은 그릇에서 흰 김이 오르고 그 앞에 기도하듯 앉을 때"[10]라는 구절과 이 시를 겹쳐놓으면 시의 풍경 또한 기도나 애도의 장면으로 볼 만하다.

한강 소설세계의 흐름을 염두에 두고 보자면, 먹는 일 앞에서 인물이 멈춰 서는 장면은 『여수의 사랑』에서 『내 여자의 열매』로 넘어오는 시점에 포착되며, 이는 그의 소설 속 인물의 사회적 계층이 바뀌는 양상과 동시적으로 발생한다. 방 한칸에 세 들어 살며 '세상의 끝'과 같은 먼 곳을 동경하는 청춘을 조망하다가 자가를 소유한, 혹은 그것이 임박한 중년의 삶을 주목하는 방향으로의 변화. 달리 말하면 인물들이 '서울의 아파트'에 살기를 원하는 한국적 삶의 경로에 본격적으로 진입해간다

---

9 가령 한강은 『흰』의 「레이스 커튼」에서 한 건물 2층의 커튼을 바라보며 이렇게 적는다. "더럽혀지지 않는 어떤 흰 것이 우리 안에 어른어른 너울거리고 있기 때문에, 저렇게 정갈한 사물을 대할 때마다 우리 마음은 움직이는 것일까?"(『흰』, 난다 2016, 개정판 문학동네 2018, 70면)

10 「쌀과 밥」, 같은 책 110면.

고 볼 수 있다.[11] 이 변화 지점에서 한강의 여성 인물들은 먹는 일에 장애를 겪는다. 소위 먹고살 만해지는 시점에 이르자 먹는 행위가 어려워진 셈이다.

아마도 한강의 소설 속 인물이나 시 속 화자는 나의 밥그릇을 채우기 위해 남의 밥그릇을 탐했을지 모를 시간에 대한 죄책감이나 나의 생존이 빚진 어떤 무관심과 착취를 예민하게 감각한 것 아닐까. 그래서 가진 것이 늘어날수록 죄지은 게 많아지는 건 아닌가 하는 염결성을 띤 염려, 모두가 중산층 되기에 몰두한 삶에서 오는 갑갑함, 나의 영혼이 더이상 순수하지 않을 수 있다는 걱정을 한자리로 불러모아 하얗고 순결한 것을 앞에 두고 의식을 치르는지도 모른다. 이 의식은 어쩌면 껍데기가 되어버린 자신의 삶에 대한 애도이면서 '서울에 사는 중산층의 삶'[12]이라는 목표에만 매달리며 상해버린 영혼을 위한 진혼제라고 볼 수도 있으리라. 한편으로 생각의 방향을 바꾸면 이것이

---

11 『채식주의자』에서 수완이 좋은 인혜가 넓은 평수의 아파트로 옮겨 간 뒤 치른 집들이에서 영혜가 폭발하는 사건이 발생한다는 점도 눈여겨볼 대목이다. 또한 『내 여자의 열매』에 실린 단편 「철길을 흐르는 강」에는 서울살이라는 삶이 어떤 것인지가 인물의 입을 통해 직접 묘사된다. "수백만의 불행을 만들어내는 도시, 수백만의 피로한 인간들을 뱉어내는 도시에 대한 영화야. 제목은 '서울의 겨울'이라고 붙이겠어. (…) 더 이상 이곳에서 뭘 바라지? 이곳이 준 게 뭐가 있어? 밑 없는 갈증, 탕진, 굴욕, 상처, 환멸, 그 밖에 대체 뭐가 있었어? 언제까지 이곳의 비루한 각본에다 몸뚱이를 구겨 넣으면서 살아가야 해?"(362~63면)

12 문학평론가 최원식 또한 『채식주의자』를 분석하며 인물들의 삶에서 서울의 중산층으로 편입하기 위한 고투를 읽어낸다. 최원식 「우리 시대 한국문학의 두 촉」, 『창작과비평』 2016 겨울호 83~85면 참조.

꼭 좌절과 패배감이 드리운 비극적 의례의 풍경만은 아니다. 저 예민한 반성은 물신숭배를 강화하는 삶의 방식과 충돌하는 자유의 의식과, "모든 인간의 근원적 평등성에 대한 긍정과, 이 평등성이 곧 인간역사의 창조적 가능성 그 자체라는 신념"[13]과도 연결되어 있다. 그렇기 때문에 시의 화자는 마지막에 비로소 흰밥을 먹는 행위를 통해 순결한 것을 천천히 음미하듯 공들여 자신의 내부로 다시 들이고 있을 것이다.

그다음으로 '영혼'이 있다. 시 「어느 늦은 저녁 나는」 속에 영혼이라는 단어가 표면적으로 등장하지는 않지만 "무엇인가 영원히 지나가버렸다고"라는 구절에 숨어 있다. 특별한 의식을 치르는 장면에 지나간 것이 무엇인지 상상해보고, 또 "영원히"라는 글자를 소리 내어 천천히 발음해보면 자연스럽게 '영혼'이라는 단어가 떠오른다. 영혼, 영, 넋, 혼 등은 한강의 작품에 빈번하게 등장하는 단어들이다. 그것들은 언제나 놀라우리만큼 자연스럽게 그의 작품으로 찾아온다. 『소년이 온다』의 '동호'나 「눈 한송이가 녹는 동안」의 '유령'이 그렇다. 또한 「내 여자의 열매」의 '식물'과 「작별」『문학과사회』 2017년 겨울호의 '눈사람'같이 인간이 다른 존재로 변신한 모습 역시 영혼의 계열로 넣어도 무방할 것이다. 죽은 존재가 삶의 자리로 다시 돌아오는

---

13 백낙청 「역사적 인간과 시적 인간」, 『민족문학과 세계문학 1/인간해방의 논리를 찾아서』, 창비 2011, 216면.

장면은 경건한 오라를 품은 시적 인상을 야기한다. 그런데 저
존재들은 왜 그토록 자연스럽게 한강의 작품으로 찾아드는 것
일까.

　　봄은 봄

　　숨은 숨

　　넋은 넋

—「새벽에 들은 노래」 부분

이 단순한 반복 속에 어떤 넉넉함이 느껴진다. 한 글자로
된 어휘를 거듭 발화하며 단수單數적인 것을 복수複數적인 흐름
속에 배치해서일까. 마치 고립된 존재와 행위란 그것들을 구별
하는 의식을 바탕에 두었을 때만 가능한 관념이라고 말하는 듯
하다. 시의 목소리는 숨과 숨을 연결하고, 넋과 넋을 이으며, 보
는 행위 속에 이미 어떤 보는 행위가 작동하고 있다고 말한다.
아니 보는 일도, 숨 쉬는 일도, 영혼을 갖추는 일도 이미 그 행위
이전에 세상에 자리하던 존재들과의 교류 속에서만 가능하다고
믿는 듯하다. 그러므로 이 흐름을 따라가다보면 마치 숨어 있던
숨의 주인들"숨은 숨"이 갑자기 눈앞에 드러나는 느낌을 받는다.
이 '숨어 있는 숨의 주인들'이 바로 한강 소설의 주인공들이다.

그의 장편소설들이 주로 진혼제의 모습으로 우리를 찾아오는 이유도 여기에 있다.

저 반복되는 중얼거림은 주문呪文처럼 작용한다. 그리하여 시의 뒷부분에 기다림의 지평을 열고 닫았던 입을 열게 만드는 장면이 펼쳐진다"어디까지 번져가는 거야?//어디까지 스며드는 거야?//기다려봐야지//틈이 닫히면 입술을 열어야지//혀가 녹으면//입술을 열어야지//다시는//이제 다시는". 한강의 작품에서 영혼과 조우하는 서사는 늘 인물이 세상과 건강한 연결감을 회복하는 주체로 거듭나게 만드는 이야기다. 그것은 인물의 삶이 의존해온 기제를 점검하고 문제가 발생하면 삶의 양식을 바꾸어 자유와 평등이라는 가치가 선명해지는 쪽으로 삶의 방향을 조정하게 한다. 이를 시(민)적 덕성의 구현이라고 부르면 어떨까.

마지막으로 '영원'이 있다. 한강의 작품에서 어떤 장면들은 무연히 흐르는 시간에서 비껴나 다른 차원에 놓여 있다. 다시 앞서 인용한 「어느 늦은 저녁 나는」의 장면으로 돌아가자. 지나간 것을 불러와 의식을 치르는 순간, 오래된 과거와 현재, 그리고 오지 않은 미래가 한자리에 모여든다. 그러고 보면 과거시제 문장"지나가버렸다고" 뒤에 바로 진행형 시제 문장"지나가버리고 있다고"을 연결해 시제를 초월해버린 듯한 표현 방식을 취한 것이 우연은 아니고, '어느'라는 시제 불특정의 수식어가 붙은 것 또한 의미심장하다. 휴지休止와 행갈이를 통해 침묵과 전환을 품은 시의 운율은 시간을 압축하는 장치이다. 소설에는 운율이라는 장치가 없지만, 과거의 기억을 공유하는 죽은 존재와 산 존재를 한자리로 불러와 둘의 대화를 통해 삶의 경로를 점검하여 미래를 결심하게 만들고 끝내 실현하게 하는 서사적 전환이 있다. 이는 인물에게 두터운 시간의 질감을 선사한다. 그러한 과정을 통해 소설의 주체에게는 내 삶에서 멀어진 과거, 내 삶과 동떨어진 미래란 더이상 없다는 의식이 발생한다. 한강의 작품에서 영원이란 현재에 개입하는 과거와 그 결과로 산출된 미래가 날카롭게 결합한 순간과 다르지 않다. 달리 말해 그의 작품 속 '영원'은 우리의 삶이 어떻게 이어지면 좋을지를 고민하는 시간이다. 어쩌면 작가는 영혼과 결속된 영원이라는 두터운 시간을 탐구함으로써 우리 역사가 어떻게 이어지면 좋을지 고민하는 데까지 자신의 서사를 확장하는지도 모른다. 그렇기 때문에 이 영원이라는 테마에는 성찰의 시간이자 결단의 시간이라는 의미가 있다. '더 살라'는 명령[14]이 이 시간으로부터 건너온다. 이때 '더'는 당연히 물리적 시간의 연장이 아니다. 그것은 세계 어딘가에서 나에게 보내는 시선에 응답을 요구하는 '더'이며 행동으로써 삶의 의미를 구하라는 요구로서의 '더'이다.

14 "죽지 마. 죽지 마라 제발. (…) 죽지 말아요. *살아가요*"(「작별」, 『흰』 133면)와 같이 죽지 말고 삶을 살아가라 종용하는 목소리가 한강의 작품에 자주 등장한다.

4. 응답과 행동의 시

시 「새벽에 들은 노래 2」에는 한강이 자주 기대는 사물로서의 나무가 나오며, 그 나무를 통해 그가 진실로 기대고 있는 것이 무엇인지를 암시한다. 어백이 많은 이 시는 낭독을 통해 들을 때 특히 깊은 울림을 준다(한강은 이 시를 직접 노래로 만들기도 했다).

언제나 나무는 내 곁에

하늘과

나를 이어주며 거기

우듬지

잔가지

잎사귀 거기

내가 가장 나약할 때도

내 마음

누더기,

너덜너덜 넝마 되었을 때도

내가 바라보기 전에

나를 바라보고

실핏줄 검게 다 마르기 전에

그 푸른 입술 열어

— 「새벽에 들은 노래 2」 전문

시를 읽고 나면 나를 보고 있는 것이 나무인지 하늘인지 고민하게 되는데, 중요한 것은 잘 드러나지 않는 자리에서 무언가가 늘 나를 보고 있다는 감각이고 의식이다. 한강의 작품을 여럿 접해본 독자라면 그의 작품이 자주 눈雪을 그리거나 '보는 행위' 속에서 시작 또는 마무리된다는 사실을 알고 있을 것이다.[15] 이때 눈은 눈目이면서 눈雪이기도 하며, 봄 역시 종종 봄視과 봄春을 같이 불러온다. 언어의 중의성을 활용하는 것은 시적 기법의 하나라고 볼 수 있다. 그런데 한강의 작품에서는 이를 시적 뉘앙스를 자아내는 기법 정도로만 가볍게 취급할 문제가 아니다. 「새벽에 들은 노래 2」가 말하듯 나를 보는 시선은 내 주위에 상존하며 내게 깊은 안도감을 준다. 이 안도감은 나를 있는 그대로 받아들이게 하며 나의 나약함과 속됨 또한 숨김없이 내보이도록 한다. 다시 말해 이 시선에는 나를 섬세하게 살피고 또 자유로이 내맡기게 만드는 힘이 있다.

> 자신의 얼굴과 목소리를, 전생의 것 같은 존엄을 기억해내는 순간. 그 순간을 짓부수며 학살이 온다, 고문이 온다, 강제진압이 온다. 밀어붙인다, 짓이긴다, 쓸어버린다. 하지만 지금, 눈을 뜨고 있는 한, 응시하고 있는 한 끝끝내 우리는……『소년이 온다』213면

『소년이 온다』를 증언문학이라고 말할 때 우리는 이 소설이 처참한 현장과 고통 들을 회피하지 않고 낱낱이 기록하여 기억하게 만든다는 식으로 설명하곤 한다. 그런데 한강의 작품에서 시선이 놓이는 장면들을 생각하면 저런 식의 설명은 진정 중요한 부분을 누락하게 만들기 쉽다. 인용한 대목에서 소설의 인

---

15 장편 『소년이 온다』나 『작별하지 않는다』, 혹은 단편 「눈 한송이가 녹는 동안」이나 「작별」을 펼쳐보면 어렵지 않게 확인할 수 있다. 또한 시집에서 눈을 그리거나 드러내는 장면은 너무나 많다.

물이 응시하는 것은 '학살과 고문과 강제진압의 장면'이 아니라 그런 끔찍한 경험 속에서도 '인간의 존엄을 기억하게 하는 어떤 시선'이다. 말줄임표 이후에 오는 사건이 비극적 결말일지라도 그와 무관하게 끝끝내 눈을 뜨고 응시하던 시선과 응시의 대상으로서의 시선은 사건 이후에도 말줄임표처럼 우리 앞에 남는다. 무엇을 응시하는지는 차치해두고 응시라는 어휘 속에 이상한 긍정의 힘이 새겨져 있는 것은 분명하며, 작가가 증언하는 사건의 목록에서 이 힘이 차지하는 비중이 상당한 것도 사실이다. 무언가 우리를 부릅뜬 눈으로 지켜보고 있다. 이제 바로 그 '나를 보는 것'이자 '내가 보는 것'의 정체를 직접적으로 묻자.

　　양심.
　　그래요, 양심.
　　세상에서 제일 무서운 게 그겁니다.
　　군인들이 쏘아 죽인 사람들의 시신을 리어카에 실어 앞세우고 수십만의 사람들과 함께 총구 앞에 섰던 날, 느닷없이 발견한 내 안의 깨끗한 무엇에 나는 놀랐습니다. 더이상 두렵지 않다는 느낌, 지금 죽어도 좋다는 느낌, 수십만 사람들의 피가 모여 거대한 혈관을 이룬 것 같았던 생생한 느낌을 기억합니다. 그 혈관에 흐르며 고동치는, 세상에서 가장 거대하고 숭고한 심장의 맥박을 나는 느꼈습니다. 감히 내가 그것의 일부가 되었다고 느꼈습니다.『소년이 온다』114면

양심의 엄습을 말하는 이 장면은 여러모로 의미심장하다. 양심은 왜 무서울까. 우선 양심은 머리로 이해하는 일을 초과하기 때문이다. 양심은 이해를 넘어선 절박한 행동[16] 속에서 불현듯 모습을 비춘다. 그래서 양심을 이해하고 예측하는 일은 난센스에 가깝다. 양심은 이해하고 나서 행동하는 식으로 순서대로 찾아오는 것이 아니라, 행동 속에서 알아채는 방식으로 우리에게 얼굴을 보인다. 또한 나의 행동이 공동의 뜻과 만나는 순간 행동은 양심뿐 아니라 우애의 의식도 싹트게 한다. '나'가 수십만 사람들에게 귀속될 수 있었던 것은 누군가와의 협동 속에서 우애와 양심을 발견했기 때문이다. 그런데 우애와 양심이 짊어진 책임은 꽤나 무겁다. 그 책임은 단번에 우연적으로 형성되는 것이 아니라 시(민)적 덕성의 오랜 누적과도 관련한다. 당연히 이는 한 개인의 노력으로만 한정되지 않고, 그가 속한 사회 전반이 덕을 쌓아 공들인 시간과 연결되어 있을 터이다. 소설 속 인물이 자신의 소속감을 직설적으로 말하지 못하고 "감히 내가 그것의 일부가 되었다고 느꼈"다는 식으로 겸허하게 고백할 수밖에 없었던 이유가 여기 있다.

한강의 작품 속에 눈이 등장할 때 우리는 그 눈에서 양심

---

[16] 그런 점에서 『소년이 온다』의 영역본 제목이 'Human Acts'인 것은 자연스럽다.

의 시선을 느껴야 한다. 작품 속 인물이 어떤 감정과 의식과 그 토대인 행동으로 양심의 시선에 응답하는지, 어떻게 역사를 이어나갈 것인가 스스로 고민하는지 자세히 살펴야 한다. 그 시적이고도 시민적인 고뇌의 장면을 손에 쥔 채 문학의 역사를 다시 볼 때, 우리는 한국의 한 시인이 시론을 펼치면서 '양심'과 '행동'이라는 단어를 동원해 설명할 수밖에 없었던 이유도 비로소 또렷이 이해하게 된다.

소년은 오고
또 온다

세계문학으로 읽는 『소년이 온다』

유영주

柳英珠 미시간대 아시아언어문화학과 교수, 국제학연구원장. 저서 *Writers of the Winter Republic*, 공저서 *Cultures of Yusin: South Korea in the 1970s* 등 이 있음.

　　해마다 10월 즈음이면 덴마크의 한 주간신문 기자가 한국 작가의 노벨 문학상 수상에 대비해 사전 인터뷰를 요청하며 이메일을 보내왔는데, 2024년에는 그 메일이 오지 않았다. 온라인 베팅 사이트에서 노벨 문학상 수상 가능성이 가장 높은 작가로 중국의 찬쉐殘雪가 꼽혔고 일본의 무라카미 하루키村上春樹에게도 꽤 큰 관심이 쏠렸다는 라디오 뉴스를 들었는데 이와도 무관하지 않으리라 짐작되었다. 내 나름 생각하기로 최근 노벨상 수상자의 면면을 볼 때 올해쯤 아시아 작가에게 기회가 돌아갈 가능성이 높아 보이고 아시아인으로서 이는 마땅히 환영할 일이지만 중국과 일본 작가에게 관심이 쏠리는 상황이라면 한국 작가의 수상은 또 한참이나 뒤로 미루어지게 될 듯하여 한국인으로서 다소 아쉬운 마음도 없지 않았다. 그리고 현재 북유럽을 포함한 서구 지역의 반중 정서를 고려한다면 찬쉐보다는 무라카미 하루키가 수상의 영광을 안게 되지 않을까 예측해보기도 했다.

　　수상자가 발표된 2024년 10월 10일, 평소보다 조금 이른 시간에 요란한 진동음에 잠을 깨 휴대폰을 확인해보니 덴마크 기자에게서 전화가 여러통 와 있었다. 미처 잠에서 깨지 못한 상태로 부랴부랴 전화 인터뷰가 시작되었다. 한강의 수상을 예상했었느냐는 질문에 나는, 언젠가는 반드시 수상하게 되리라 생각했지만 그날이 이렇게 빨리 올 줄은 미처 몰랐다고 답했다. 황석영을 비롯한 많은 작가의 작품들이 외국어로 번역된 바 있고, 신경숙의 『엄마를 부탁해』창비 2008처럼 해당 국가의 출판계에서 나름의 주목을 받았던 경우도 더러 있었으나, 진정한 의미에서 언어와 문화의 경계를 넘어 진지한 주목의 대상이 된 한국 작가는 한강이 처음이 아닐까 생각한다는 소회를 덧붙였다. 더불어 지난 5~6년 동안 한강의 작품에 관한 논문이 미국, 스코틀랜드, 인도, 인도네시아, 루마니아 등 여러 나라에서 발표되어왔는데, 이 최근 연구 성과들을 통해 뚜렷한 추이를 발견할 수 있다. 즉 한강의 작품이 한국이라는 지역성에 긴박되지 않고 언어와 문화의 장벽을 넘어선 문화상품으로서 해당 지역 독자들에게 다양하게 수용·소비되는 한편, 지역학으로서의 한국학이라는 특수한 분야의 연구자들뿐 아니라 영문학, 젠더 연구, 비교문학, 철학 분야에 속하는 여러 연구자에 의해 주제론적인 관점에서 다양한 접근이 시도되고 있는 것이다. 이 같은 사실을 보충하며 한강의 작품이 주는 보편적 소구력에 관해서도 부연하였다.

한강 작품세계의 중핵을 무엇으로 보느냐는 기자의 질문에는, 기본적으로 "역사적 트라우마를 직시하고 인간 삶의 연약함을 드러낸 강렬한 시적 산문"으로 평가한 스웨덴 한림원의 관점에 동의하면서, 이 평가에서 언급한 세가지 요소 가운데 특히 역사적 트라우마의 문제를 가장 중요하게 본다는 생각을 피력했다. 또한 한강의 작품이 한국이라는 국가의 경계를 넘어 보편적 문맥에서 수용되는 흐름과는 별도로 수상 시점이 지금 현재라는 사실 역시 주목할 만하다고 보탰다. 최근 대중문화를 포함하여 한국문화를 향한 세계적 관심이 커지고 있으며 이와 더불어 문화콘텐츠를 통해 접해온 한국 근현대사에 대한 글로벌 수용자들의 이해가 점차 높아지는 것과도 무관하지 않다. 이런 의미에서 한강 작품의 독보적 성격 및 그 탁월한 성취 외에 세계적 문화현상으로서 'K신드롬'의 부상이라는 절묘한 '타이밍'을 이번 수상의 숨은 주인공으로 볼 수 있다는 생각을 덧붙였다. 사족에 가까운 이 말은 도드라지게 인용되어, 덴마크 주간지 기사에서는 '완벽한 타이밍'의 작가 운운한 이야기가 한강은 '운이 매우 좋은 작가'로 옮겨져버리는 안타까운 일도 있었다.

내가 전하고자 했던 '타이밍'은 단순히 작가에게 찾아온 개인적 '행운'을 가리키는 것 이상이다. 이는 한강의 작품이 품고 있는 시간성, 즉 역사성의 문제와 연결된다. 이번 한강의 수상을 '타이밍'이라는 관점에서 접근하려는 나의 설명은 작가 개인의 독보적 성취 속에 녹아 있는 한민족이라는 집단의 역사적 굴곡이 오늘날 어떻게 세계인의 관심을 받게 되었는지를 연결해볼 필요가 있다고 강조하려는 취지에서였다. 노벨 문학상 심사위원회를 비롯한 세계 각국 독자들의 진지한 수용과 높은 평가는, 식민지 경험과 동족상잔, 반공냉전 군사독재체제로 점철된 20세기 한국에서 원조에 의존하던 국가로는 유일하게 선진국 대열에 진입한 21세기 초 달라진 한국 상황을 한강의 문학이 어떻게 잇고 또 가로지르는지 탐색해보려는 세계인의 호기심 어린 주목에도 닿아 있으리라.

2014년 늦가을 북미 지역에서 한국문학을 가르치는 교수들이 모인 회의가 있었다. 마무리 즈음 담소를 나누다 최근 한국에서 광주를 어떻게 인식하는지가 화제에 올랐다. '광주사태'를 북한 특수부대의 소행이라고 왜곡한 지만원의 주장이 종편 곳곳에서 공공연히 인용되고 당사자가 대법원에서 무죄판결을 받은 상황, 일부 극우 온라인 커뮤니티에서 광주항쟁 희생자의 운구를 두고 모독적 발언이 횡행하던 당시 상황에 재미 한국문학 연구자들은 한목소리로 깊은 우려를 표하면서 이런 참담한 상황을 조금이라도 변화시키기 위해 힘을 모아보자는 데 뜻을 같이하게 되었다. 이듬해인 2015년 재미 한국문학 연구자 모임 주최로 5·18 35주년을 맞아 문학 속 광주를 주제로 '광주학살 35년 후: 목격의 시학과 정치학'The Kwangju Massacre, 35 Years Later: The Poetics and Politics of Witnessing이라는 릴레이 학술회의를 듀크대, 뉴욕 주립 빙햄턴대, 미시간대에서 잇달아 개최했다. 광주를 다룬 무게 있는 작품을 발표한 임철우와 한강 두 소설가가 행사에 참석했는데, 5·18을 바라보는 서로 다른 세대의 두 작가 사이에 드러나는 시각 차이가 인상적이었다.

임철우의 광주가 뜨겁게 재현되었다면 한강의 광주는 서늘하게 그려졌다. 임철우 세대의 광주가 '현장'을 의미했다면 한강 세대의 광주는 '기억'이 되어 있었다. '현장'과 '기억'으로 다소간 양태를 달리하는 두 작가의 광주에 담긴 풍부한 역사적·체험적 함의와 한강의 기억으로서의 광주에 관한 서늘한 이야기 속에 감추어진 내적 강렬함은 청중에게 깊은 인상을 남겼다. 일부 참여자는 주제가 담고 있는 역사의 무게와 더불어 작가들의 담론이 품은 칼날 같은 긴장을 견디기 힘들다는 듯 발표와 토론 중간중간 연거푸 탄식을 내뱉기도 했다. 그 자리에서 참여자들은 이미 어렴풋이나마 근현대사의 트라우마와 그 상처의 무게를 오롯이 견디며 지속해가는 한강의 문학적 작업이 언젠가는 세계적으로 각광받게 되리라 직감했고, 바로 다음 해 맨부커상 수상 소식을 통해 그때의 느낌이 틀리지 않았음을 곧 확인할 수 있었다.

『소년이 온다』창비 2014 이후 한강의 작품세계를 관통하는 핵심적 화두에는 기억의 문제가 자리하고 있다. 한강에게 있어 광주라는 역사 현장은 '어떻게 기억할 것인가'라는 문제를 둘러싸고 여전히 현재적인 공간이며 그래서 지나가버린 과거는 지금 여기로 끊임없이 되돌아온다. 온라인 베팅 사이트에서 찬

쉐의 수상 가능성을 높게 예측하고 있음을 전한 미국의 라디오 뉴스가 한가지 적중한 포인트가 있다면, 2024년 노벨 문학상 수상자는 기억의 문제에 천착한 작가이리라는 점이다. 2016년 수상자인 밥 딜런Bob Dylan 이후 노벨 문학상 수상자들은 어떤 식으로든 모두 기억의 문제를 작품의 주된 관심으로 삼았다. 2022년 수상자인 프랑스 소설가 아니 에르노Annie Ernaux는 작품에서 집요한 자전적·해부학적 태도를 드러내고 2021년 수상자인 탄자니아 소설가 압둘라자크 구르나Abdulrazak Gurnah는 식민주의에 의한 대륙 간 격차 속 난민의 운명에 거시적 관심을 기울인다. 서사의 차원에서는 서로 극과 극의 전략을 취하는 듯 보이지만, 에르노와 구르나 두 작가는 공히 기억의 전경화를 시도한다는 점에서 매우 유사한 태도를 공유한다. 한강의 작품에서 우리는 에르노의 내면성과 구르나의 역사성을 함께 읽어낼 수 있으며 한편으로는 역사와 기억을 대하는 한강 특유의 고집스러움을 발견할 수 있다. 그에게 기억이란 여타의 트라우마 서사에서 볼 수 있듯 화해와 치유로 이어지는 자연스러운 경로로 의미화되지 않는다. 마찬가지로 정신분석학적으로 고립된 멜랑콜리적 자아가 기억을 매개로 한 애도를 통해 스스로를 주체화함으로써 사회적·실천적 자아로 발전해나가는 이행 역시 거부된다.

예컨대 한강의 작품 속에서 기억의 문제와 긴밀히 연관되기도 하는 침묵은 병리적 현상이 아니라 일정한 윤리성을 담보한 선택이라는 의미가 있다. 광주의 처절함을 온몸으로 겪고 살아남은 딸을 향해 세상은 어머니의 눈물 젖은 목소리를 빌려 "그냥 눈 딱 감고 살아주면 안되겠냐"『소년이 온다』86면 묻지만, 딸은 침묵이라는 형식의 거절을 통해 '그렇게는 살아주지 않겠다'고 세상을 향해 대답한다. 자연스러운 세월의 흐름을 의식적으로 거부하는 행위, 즉 망각의 거절을 통해 기억은 생리의 영역에서 의지의 영역으로 승화되고 이는 하나의 실천으로서 그 자체로 현재성과 현장성을 확보하게 되는 셈이다.

한강의 작품에서 기억이 주는 이러한 실천적 행위성에 주목하게 된 계기는 2022년 미시간대의 문학 수업에서 만난 학생들 덕분이다. 한 학기의 강의에서 『무정』이광수 지음, 1918 『태평천하』채만식 지음, 1938 『난장이가 쏘아올린 작은 공』조세희 지음, 문학과지성사 1978 『손님』황석영 지음, 창작과비평사 2001 등 여러 한국소설을 영어 번역본으로 함께 읽었는데, 학생들은 기말 리포트에서 다룰 작품으로 『소년이 온다』를 가장 많이 선택했으며 특히 애도의 문제에 큰 관심을 보였다. "*네가 죽은 뒤 장례식을 치르지 못해, 내 삶이 장례식이 되었다*"102면는 소설 속 문구가 특히 울림을 주었던 듯, 꽤 많은 학생이 소설의 전체 상황을 하나의 장례식으로 이해하면서 희생당한 소년들의 무덤 앞에서 촛불을 밝히는 에필로그를 일종의 애도의 종결로 읽는 한편, 살아남은 자의 삶 자체가 더이상 끝 모르고 이어지는 장례식이 될 필요는 없으리라는 결론적 해석을 통해 위로를 받기도 하는 듯했다.

이와는 다른 각도에서 작품에 접근하는 학생도 있었는

데, 한 학생은 촛불을 밝히는 행위에 내포된 애도의 의미에도 불구하고 오히려 "기도하지 않았다. 눈을 감고 묵념하지도 않았다"215면는 작가의 애도에 대한 일종의 '거부의지'에 초점을 맞춰 작품을 분석했다. 이 학생은 특히 3장 「일곱개의 뺨」에서 작가의 일관된 '거부의지'를 읽어내면서, 자신이 맞은 일곱대의 따귀를 하루에 한대씩 잊겠다는 '은숙'의 진술은 실제로는 아무것도 잊지 않겠다는 의지의 표현으로 읽혀야 하며, "일곱번째 뺨을 잊을 날은 오지 않을 것이다"98면라는 구절 역시 따귀를 맞은 뺨이 아물어 더이상 잊으려는 노력조차 할 필요가 없어졌다는 표면적 진술 너머 시간의 경과에 따른 자연스러운 치유와 그로 인한 망각을 거절한다는 내포적 진술이 함축된 것으로 읽어야 한다고 주장했다.

　　이 뛰어난 독해는 한강의 작품을 둘러싼 시간성 문제와 결부된 현장(체험)과 기억 사이의 대립에 새롭게 접근할 실마리를 제공한다. 역사 문제를 소재로 한 소설의 중심축이 '현장'의 재현에서 재구성된 '기억'으로 이동하는 흐름은 세대 및 젠더 차이에 따른 서술 주체의 시점 변화와 연관되는 한편, 한국문학에서 역사적 경험의 재현 양상이 보이는 특수성 및 보편성과 연결 지어 이해되기도 한다. 예컨대 역사적 사건을 직접 체험한 세대 혹은 남성 중심적인 시각에서 벗어나 5·18과 4·3의 역사를 재조명하는 새로운 글쓰기의 시도는 "'우리' 역사를 울타리 안에 가두려는 충동에 맞"서 역사적 사건들에 덧씌워진

'민족적 상흔'이라는 단일한 해석의 속박에서 벗어나고자 한다. 변화된 시각을 보여주는 중요한 사례로 워싱턴대 동아시아 언어문화학과 부교수 이지은의 연구를 언급할 수 있다.[1] 이 논문은 역사적 트라우마의 간접 체험을 새로운 방식으로 이론화한 홀로코스트 연구자들의 성과를 소개하면서, 루마니아 출신 영상예술학자 메리앤 허슈Marianne Hirsch의 '포스트메모리'postmemory[2] 및 독일의 영문학자 알라이다 아스만Aleida Assmann의 '2차 증인'secondary witness 개념[3]을 차용하여 한강 소설이 "한국의 비극을 진정한 의미에서 보편성을 확보하게 만들었음"을 강조한다.

한편 브라운대 영미문학과 교수 대니얼 김Daniel Kim은 한강의 소설을 둘러싼 번역의 쌍방향성을 분석한 논문에서 미국의 영문학자 데브자니 강굴리Debjani Ganguly의 "정동적 목격"affective witnessing 개념을 빌려, 한강의 소설이 타인의 역사 속에서 자신의 역사를 재발견하도록 이끄는 지점을 부각한다.[4] "제

---

1 Ji-Eun Lee, "(Dis)Embodiment of Memory: Gender, Memory, and Ethics in *Human Acts* by Han Kang," *The Routledge Companion to Korean Literature*, edited by Heekyoung Cho, Routledge 2022. 이하 번역은 인용자.

2 Marianne Hirsh, *The Generation of Postmemory: Writing and Visual Culture After the Holocaust*, Columbia University Press 2012.

3 Aleida Assmann, "History, Memory, and the Genre of Testimony," *Poetics Today*, Summer 2006.

4 Daniel Y. Kim, "Translations and Ghostings of History: The Novels of

주도에서, 관동과 난징에서, 보스니아에서, 모든 신대륙에서 그렇게 했던 것처럼, 유전자에 새겨진 듯 동일한 잔인성으로"『소년이 온다』 135면라는 구절은 폭력의 세계사적 계보에 광주를 위치시키면서, 광주에서 벌어진 학살을 "일찍이 미국에서도 벌어진 바 있는 행태의 한국적 번안"[5]으로도 볼 수 있다는 인식을 드러낸다.

이렇듯 한강의 작품은 한민족 수난의 현대사라는 시공간적 배경을 넘어서서 인류 보편성의 새로운 지평에서 읽힐 가능성을 준다는 것 자체로 소중한 의미가 있다. 그럼에도 우리가 놓치지 말아야 할 지점이 있다면 한강에게 있어 광주는 초월이 아닌 영원한 귀환을 의미한다는 점이다. 한강이 그려내는 망각을 거절하는 주체의 행위의지로서의 기억은 시간의 경과와 함께 과거의 고통이 야기했던 생생한 현재성이 소멸해가는 장소에서 역사의 현장으로 되돌아가는 주체의 선택이며, 이미 존재하지 않는 그 현장에서 그때를 기억하는 행위는 스스로가 특정한 역사적 상흔에 대한 2차 증인이 되기를 수락하는 실천이다. 또한 이 기억으로서의 글쓰기는 그것이 쓰이고 읽히는 과정에서 또다른 새로운 2차 증인들을 연쇄적으로 만들어내는 행위이기도 하다. 스스로의 결단을 통해 2차 증인의 역할을 수행하는

Han Kang," *New Literary History*, Spring 2020.

5 같은 글 397면.

이들에게 기억이란 역사가 개인에게 강요하는 것이 아닌 자발적 선택을 의미하며 희생자들과 애도의 과정을 거쳐서조차 작별하지 않겠다는 굳건한 의지의 표명이다.

한강의 작품에 자주 등장하는 새의 이미지는 생명과 죽음, 현세와 저승을 잇는 매개적 존재이다. 인간 관찰자의 눈에는 날아올라 어디론가 사라지는 듯 보이는 새는 사실 끊임없이 둥지로 되돌아오는 존재이기도 하다. 이런 관점에서 보면 우리가 새에서 읽어내는 상징은 초월이 아닌 귀환이 되며, 한강 소설에서 기억의 문제 역시 초월이 아닌 귀환을 지향한다는 점에서 새의 상징과 겹쳐 읽힌다. 한강의 작품이 스스로 하나의 사례로서 입증하는 바와 같이 기억의 날개를 단 한국문학은 현장에 아로새겨진 역사의 무게에서 벗어나 초월의 방향으로 보편의 일부가 되어 세계적 주목을 받았다기보다, 시간이 흐르며 흔적이 희미해져가는 현장으로의 귀환을 통해 제2증인이 되기를 자처하고 다시 다음 세대의 수용자들 가운데 제2증인을 생성해내는 과정을 통해 그 자신이 역사적 현장의 일부가 된다.

이 지점에서 번역에 대해서도 생각해보게 된다. 『소년이 온다』는 'Human Acts'라는 사뭇 다른 뉘앙스의 제목을 달고 영어권 독자를 만나게 되었다. "인간 삶의 연약함에 대한 이해"라는 스웨덴 한림원의 평가의 한 대목에 적절히 부합한다는 의미에서는 친절한 번역일지 모르겠으나 영문 제목에서 1980년 그 현장을 지켰던 소년이 소거되고 보편의 대명사로서 인간human

이 그 자리를 채운 것은 못내 아쉽다. 또한 '온다'라는 동사 속에 숨겨진 마법, 즉 기억을 매개로 한 행위의 연쇄와 이를 통해 현재를 미래로, 미래를 다시 현재로 만들어갈 가능성이 소실된 점도 아쉽다.

소년은 오고 또 온다. 아이돌그룹 BTS의 몇몇 팬이 멤버 '제이홉'이 발표한 싱글 「Ma City」의 가사 속 "062-518"의 의미를 찾아보다 1980년 광주의 비극을 알게 되고 희생자를 추모하고자 광주 망월동 묘지를 방문한 일이 있었다. 기억하는 행위가 어떻게 다음 세대의 제2증인을 낳는지 극명하게 보여주는 사례이다. 과거의 무게를 온전히 담고 있는 현장을 방문함으로써 뜨거운 현장의 열기를 스스로 느끼고 이를 통해 미처 몰랐던 역사와 조우하며 그 경험을 매개로 자기 삶의 궤적에 크고 작은 변화를 일으키기도 한다. 이런 의미에서 이지은이 지적하듯, 소년의 "도래는 늘 복수"multiple arrivals이며[6] 그러한 행위로서 소년은 오고 또 온다.

6 Ji-Eun Lee, 앞의 글.

제2부

한강 작품 깊이 읽기

● 본 대담은 2025년 3월 28일 유튜브 '백낙청TV'에 업로드된 「[백낙청 공부길 167] 노벨 문학상 한강의 대표작에 대한 자상하고도 참신한 안내」를 바탕으로 재구성한 내용입니다.

백낙청·황정아

白樂晴 문학평론가, 서울대 명예교수, 『창작과비평』 명예편집인. 저서 『민족문학과 세계문학 1/인간해방의 논리를 찾아서』(합본 개정판) 『민족문학의 새 단계』 『통일시대 한국문학의 보람』 등 문학평론집과 『서양의 개벽사상가 D. H. 로런스』 등 연구서, 『분단체제 변혁의 공부길』 『흔들리는 분단체제』 『한반도식 통일, 현재진행형』 『어디가 중도며 어째서 변혁인가』 『근대의 이중과제와 한반도식 나라만들기』 『변혁적 중도의 때가 왔다』 등 사회평론서, 『백낙청 회화록』(전8권)과 『개벽사상과 종교공부』 등 다수의 공저 및 편저가 있음.

黃靜雅 문학평론가, 한림대 한림과학원 HK교수. 저서 『개념 비평의 인문학』, 공저 『소설을 생각한다』 『포스트휴머니즘의 쟁점들』 『개벽의 사상사』 『문명전환의 한국사상』, 편서 『다시 소설이론을 읽는다』, 역서 『아메리카의 망명자』 『단일한 근대성』 등이 있음.

1. 들어가며:
"과거가 현재를 도울 수 있는가"

백낙청(이하 백)　2024년 10월 한강 작가의 노벨 문학상 수상이 발표되면서 관련한 논의가 꽤 이루어졌습니다만 개인적인 생각으로는 충분하지 않았던 것 같습니다. 게다가 정치적인 사태로 노벨상이라는 개인의 경사이자 한국문학의 경사, 그리고 국가의 경사를 충분히 즐기지 못했지요. 그래서 이번에 한강 문학에 대한 본격적인 토론을 해보자는 취지로 황정아 교수를 모셨습니다.

황정아(이하 황)　안녕하세요, 소개받은 황정아입니다. 문학평론가이자 계간 『창작과비평』 편집 부주간으로 활동하고 있습니다. 지금 문학 분야에서 가장 관심받는 이슈인 한강 문학에 대한 토론에 초대해주셔서 감사합니다. 선생님께 최대한 많은 질문을 던지고 말씀을 들으며 저도 한강의 문학세계에 관한 생각을 정리해보려 합니다.

말씀해주셨듯 한강 작가의 노벨 문학상 수상은 큰 경사로서 음미하고 즐겨야 하는 소식이었는데 내란 사태와 그 여파 때문에 안타깝게도 그런 기쁨을 충분히 누리지 못한 것 같습니다. 그런데 어떻게 보면 그런 일련의 사건들 때문에 역설적으로 이 수상이 지니는 의미, 특히 한강 작품의 의미에 대해 깊이 새겨보는 계기가 만들어지지 않았나 싶습니다. 선생님께서는 2025년 신년칼럼에서 내란 사태에 저항하는 시위 현장에 한강의 소설이 등장한 것을 상기시켜주시면서 "K팝과 K문학, K민주주의의 자연스러운 결합이 이루어진 것"[1]이라는 말씀을 해주셨죠. 본격적인 논의에 앞서 한강 작가의 수상이 갖는 의의를 간단히 짚어봐도 좋을 것 같습니다.

백　　우리 촛불혁명은 계속 진화해왔고, 눈에 잘 띄지 않았을지라도 K민주주의 역시 진화하고 있었습니다. 응원봉을 든 젊은 군중을 통해 K팝이 본격적으로 등장했고 또 실제로 광장에 한강의 『소년이 온다』창비 2014를 들고 나온 젊은이들도 있었잖아요. K문학이 그동안 이뤄온 성취를 이번 노벨상을 계기

---

1 「2025년 백낙청 신년칼럼—윤석열 정권의 엽기적인 종말과 촛불혁명의 힘찬 재출범」, 백낙청TV 2024.12.30; 백낙청 「'변혁적 중도'의 때가 왔다」, 창비주간논평 2024.12.30.

로 제대로 인정받기 시작했는데, K문학과 K민주주의의 결합 역시 중요한 역사적 사건이라는 뜻으로 말씀드렸던 겁니다.

황　다른 각도에서 본다면『소년이 온다』가 전하는 메시지를 사람들이 한층 더 체감하게 되었다고 할 수 있을 텐데요. 특히 최근의 정치적 사태와 관련해서 한강 작가 자신이『소년이 온다』를 두고 했던 말이 자주 인용되기도 합니다. 작가는 이 소설을 준비하면서 *"과거가 현재를 도울 수 있는가" "죽은 자가 산 자를 구할 수 있는가"*[2]라는 질문에 이르렀다고 했는데 많은 이들이 그 말의 의미를 다시 한번 새기게 된 듯합니다. 저는 이 발언을 들으면서 유대계 독일 비평가 발터 벤야민Walter Benjamin이『역사의 개념에 대하여』*Über den Begriff der Geschichte,* 1942에서 했던 이야기가 떠올랐어요. 역사가의 임무가 무엇인가를 논하는 대목에서 벤야민은 '결을 거슬러 역사를 솔질하는 것'을 언급합니다. 승리자나 지배자에 감정이입 해서 마치 지난 과거가 모두 그들의 승리와 지배에 이르는 과정이었다는 식으로 서술하는 것을 경계하고, 패배하고 지배당한 사람들의 실패에 새로운 의미를 부여해 과거를 구원하는 것이 역사가의 의무라는 거지요. 흥미롭게도 '실패한 과거를 구원하는 현재'라는 벤야민의 발상은 '과거가 현재를 도울 수 있는가' 질문하는 한

2　한강『빛과 실』, 문학과지성사 2025, 19면.

강 작가와는 정반대 지점에 있는 듯 보입니다.

백　　과거에 아무리 참담한 사건이 있었고 실패한 역사가 있었을지라도 그 과거가 현재를 구원할 수 있다면 그건 완전한 실패가 아니잖아요. 이는 현재를 사는 사람들이 제대로 잘 살고 과거의 역사를 정확하게 인식해 그 역사를 구원한다는 개념과는 좀 다른 것 같아요.

벤야민의 역사관은 서양에서도 정통적인 역사관은 아닌 듯합니다. 왜냐하면 과거를 실패한 역사로 보는 시선은 벤야민 시대 고유의 특징이나 개인의 시대적 경험이 영향을 미쳤을 것이고, 또한 벤야민은 그가 속한 유대교의 메시아 전통, 즉 실패한 역사를 메시아가 와서 구원해준다는 비전을 지닌 전통을 신봉했던 것 같아요.

그런데 한국이나 동아시아의 경우에는 과거의 온갖 실패와 참담한 경험에도 불구하고 문명에 대한 믿음이 있습니다. 공자나 노자를 비롯한 역대 성현들의 가르침이 있었고요. 공자가 이상향으로 삼은 게 요순시대 아닙니까? 요순시대라는 성공 사례에 비해 실패한 면이 있는 거지, 과거를 모두 '실패한 역사'로 보는 개념은 우리에게 없습니다. 소태산少太山 박중빈의 사은四恩 개념에 의하면 과거 문명을 온통 부정하는 것은 일종의 '법률 배은'이에요. 역대 성현들이 인도 정의의 법칙과 문물제도를 전수했는데 이 모든 것이 완전히 실패했고 메시아가 와서 구원해

주는 수밖에 없다고 하는 건 굉장히 편향된 역사인식이다, 이렇게 봐야 할 것 같습니다.

　　재미있는 건 『소년이 온다』가 처음 나왔을 때는 작가가 반대로 발언했어요. "현재가 과거를 도울 수 있는가. 산 자가 죽은 자를 도울 수 있는가."[3] 작가 본인이 젊은 시절부터 이 말을 일기장에 써왔고, 『소년이 온다』를 집필하기 전에도 그런 생각을 품었다고 했죠. 제가 보기에 그것이 『소년이 온다』를 쓰면서 조금 바뀌었고 최근 『작별하지 않는다』문학동네 2021를 집필하면서 더 바뀐 듯해요. 그러나 바뀌기 이전 한강의 개념도 벤야민의 개념과는 달랐던 듯합니다. 벤야민은 이론적으로 역사를 재단하는데 한강에게 그런 점은 처음부터 없는 것 같습니다.

　　황　네, 과거가 이미 스스로 구원하는 힘을 갖추었고 그 덕분에 현재도 도울 수 있다고 생각하는 한강 작가가 어떻게 보면 역사에 대해 더 깊이 통찰했다고 할 수 있겠네요.

　　백　앞서 서양에서도 벤야민은 주류가 아니라고 했는데, 히브리 성서를 보더라도 하나님이 만들어주신 율법과 그걸 따라서 잘 사는 게 적어도 유대인들 중에서 훌륭한 사람들의 역

3　한강×김연수 「사랑이 아닌 다른 말로는 설명할 수 없는」, 『창작과비평』 2014년 가을호.

사 아닙니까. 고대 그리스 철학에서도 아리스토텔레스 같은 이는 폴리스(도시 국가)에 모여 정치활동을 하는 게 인간의 최대의 행복이며 좋은 삶이라고 했고요. 그리스도교 예수에 오면 역사를 실패한 역사로, 건져야 할 역사로 보는 경향이 나타나긴 하지만 그후 중세사회를 지배한 가톨릭교회는 그런 생각이 아니거든요. 가톨릭교회를 중심으로 예수의 뜻을 받들어 여러가지 선행을 하면서 쌓아온 이 역사는 굉장히 소중한 것이죠. 물론 나중에 그 역사가 타락한 건 사실이지만요. 독일 관념철학을 완성했다는 헤겔 같은 사람도 이 문제에서는 아리스토텔레스의 전통을 계승했다고 볼 수 있어요.

2. 누가 부르고 누가 응답하는가:
『소년이 온다』

황　　한기욱 평론가의 「한강 소설이 우리에게 오는 방식」[4]을 참조하면서 본격적인 이야기를 시작해보겠습니다. 한기욱 평론가는 『소년이 온다』를 두고 "혼/영혼을 진지한 탐구 대상으로 삼음으로써, 이 소설은 보통의 재현주의 소설과는 확연히 다름을 보여준다"고 지적합니다. 특히 그 문제를 '부름과 응

4　이 책의 16~44면 참조.

답의 서사'로 녹여냈다고 짚은 부분이 참 인상적이었는데요. 이 소설이 통상적인 기억과 애도의 서사, 또는 역사적 트라우마를 다루는 여느 서사들과 다른 지점을 잘 짚은 통찰이 아닌가 싶습니다.

한강 작가는 자기 작품에 대한 이야기를 많이 한 작가이기도 한데, 노벨상 수상 기념 강연에서 『소년이 온다』에 관해 "당연하게도 나는 그〔광주의—인용자〕 망자들에게, 유족들과 생존자들에게 일어난 어떤 일도 돌이킬 수 없었다. 할 수 있는 것은 내 몸의 감각과 감정과 생명을 빌려드리는 것뿐이었다"[5]고 말합니다. 이런 발언 역시 부름과 응답이라는 틀과 맞닿아 있다는 생각이 듭니다. 선생님은 이 평론을 어떻게 보셨나요?

백 한기욱 평론가가 부름과 응답이라는 프레임으로 『소년이 온다』를 읽었는데, 물론 부름과 응답이라는 개념이야 다른 사람도 썼을 수 있지만 한강 소설에 이런 틀을 적용한 사례는 최초인 것 같아요. 좋은 작품일수록 제대로 말하기가 어려운데 생산적인 토론을 이끌어나갈 요령을 하나 제시해주고 있습니다.

앞서 말했듯이 한강 작가가 이 작품을 쓰기 시작할 때만 하더라도 '산 자가 죽은 자를 도와줄 수 있다' 하는 생각을 했

---

5 한강 『빛과 실』, 20면.

던 듯한데 집필을 시작하고 어느 시점에선가 그 생각이 반대가 되어 이번 노벨상 수상 기념 강연에서는 '죽은 자가 산 자를 구한다'라고 하잖아요. 산 자와 죽은 자, 누가 부르고 누가 답하는 가 하는 질문이 따릅니다. 『소년이 온다』는 '동호'라는 죽은 고등학생을 '너'로 부르면서 시작하고, 이어지는 이야기에서 다른 사람들도 동호를 계속 호명합니다. 그런 의미에서 오늘의 독자들이 부르고 동호를 비롯한 그들이 답하는 모습을 먼저 생각할 수 있는데, 읽다보면 반대로 동호가 지금 살아 있는 자들을 부르는 게 아닌가 하는 생각이 슬며시 들기 시작하지요.

　　『작별하지 않는다』에 오면 부르는 자와 응답하는 자의 뒤바뀜이 훨씬 더 강화되는 것 같습니다. 내가 부르는 게 아니라 그쪽에서 나를 부르는 거예요. 『작별하지 않는다』 첫머리에 꿈 이야기가 나옵니다. 화자 '경하'는 처음에는 그 꿈이 광주 이야기를 쓰고 난 후유증이자 광주에 관한 꿈이라고 생각하지만 어느 순간 그게 아니라는 걸 깨닫게 됩니다. 꿈이라는 건 자기 의지대로 꾸는 게 아니잖아요? 그런 점에서 『작별하지 않는다』는 누군가가 꿈을 통해 나를 불러내어 응답하는 이야기입니다. 산 자가 죽은 자를 부르는 구도가 죽은 자가 부르고 산 자가 응답하는 틀로 바뀌고 그래서 수상 기념 강연에서도 '과거가 현재를 도울 수 있는가, 죽은 자가 산 자를 구할 수 있는가?'라고 말한 거죠. 작가가 『소년이 온다』를 쓰는 과정에서, 혹은 『소년이 온다』와 『작별하지 않는다』를 쓰는 도중에 누가 부르고 누가 응답하느냐에 대한 틀이 바뀐 듯합니다.

황　　말씀을 들으니 부름과 응답이라는 틀의 잠재성이 무척 크다는 생각이 듭니다. 어떻게 보면 『소년이 온다』가 부름과 응답의 서사를 너무나 잘 구현한 나머지 독자들로서는 우리가 부른다는 생각은 떠오르지도 않고 당연히 그들이 부르고 우리가 응답하는 것이다, 이렇게 느끼게 되는 것 같습니다.

백　　예, 그래서 한기욱 평론가가 부름과 응답이라는 프레임을 『소년이 온다』에 적용한 것이 무척 독창적이죠.

황　　노벨상 수상 소식 이후 주변에서 한강의 작품 중 무엇을 가장 먼저 읽으면 좋겠느냐는 질문을 종종 받았는데, 그럴 때 대개 『소년이 온다』나 『작별하지 않는다』를 꼽습니다. 그런데 두 작품의 줄거리를 소개하면 버거워서 읽기 어렵겠다는 반응들이 돌아오고 또 읽은 사람들도 며칠 동안 이 소설들 때문에 힘들었다고들 합니다. 특히 『소년이 온다』는 광주와의 전면적인 대면 경험을 선사하잖아요. 그게 당연히 마음의 동요를 남기고, 그러니 그걸 감당할 수 있을까 싶고 또 실제로 감당하기 힘들었다는 호소도 하게 되는 것이겠지요. 그런 이야기를 들을 적마다 제가 덧붙이는 말은 소설을 읽으면서 마음에 동요가 일고 힘들기도 하지만 다 읽고 나면 그런 동요가 정확히 우리 마음이 요구하는 동요였다는 걸 깨닫게 된다는 점입니다. 바로 그 흔들림이야말로 우리 마음에 정말로 필요한 일이니 꼭 경험해보라고요. 지금 말씀하신 대로 어떤 부름이 있고 그에 응답하는 일이 궁극적으로 나한테 반드시 필요했다는 사실을 알게 되는 소중한 경험이 될 기라 생각합니다.

백　　일반론으로 말하면 문학의 치유 능력인 셈인데, 이는 덮어놓고 치유만 하는 데 그치지 않습니다. 위대한 문학은 지금 말씀대로 동요를 일으키고 아픈 데를 되살리죠. 황교수 표현대로 '전승된 고통'을 극복할 수 있도록 돕는 것, 그것이 문학의 치유 능력이지요.

3. 불가능에 직면하는 서사:
『작별하지 않는다』

백　　황교수는 2021년 『작별하지 않는다』가 출간됐을 때 「'문학의 정치'를 다시 생각한다」[6]라는 평론을 쓰셨잖아요. 한강의 『작별하지 않는다』와 최은영 작가의 장편소설 『밝은 밤』문학동네 2021을 묶어 문학의 정치라는 문제를 재론하면서

6　황정아 「'문학의 정치'를 다시 생각한다」, 『창작과비평』 2021년 겨울호.

『작별하지 않는다』에 비교적 박한 평을 했던 걸로 기억합니다.

황　　네, 박하게 평가했다고 인정하겠습니다.

백　　지금은 어떻게 보나요?

황　　노벨상 수상 이후 그 박한 평가를 두고 꽤 지탄을 받아서 조심스럽습니다만, 평론을 쓸 당시 제가 지녔던 문제의식은 고통에 대한 문학적 재현의 진정성이라는 문제가 재현하고자 하는 고통보다 앞서지 않았나 하는 것이었습니다. 재현의 진정성에 대한 성찰은 당연하겠지만 그런 반성적 고민과 질문이 다른 무엇보다 우선이 되면서 자칫 문학이 스스로의 정치성을 더 풍부하게 탐구하지 못하고 '정치적으로 올바른' 틀에 속박당하는 게 아닌가 생각했어요. 『작별하지 않는다』에 그럴 우려가 있다고 봤고 그런 점에서 전작인 『소년이 온다』에 비해 고통과 트라우마의 '공적인 힘'이 약해지지 않았나 싶었습니다.

　『작별하지 않는다』의 1부에서 화자 경하는 눈 덮인 검은 나무들 사이 봉분들로 밀물이 몰려들자 거기 묻힌 뼈들이 휩쓸려갈까봐 어찌할 바 모르는 꿈을 반복해서 꿉니다. 그러면서 밀물에 휩쓸려 무덤과 함께 잠기거나 아니면 무덤을 등지고 혼자 살아남거나 하는 두가지 길이 있는 것처럼 이야기하는데, 실은 둘 모두 택할 수 없는 길입니다. 불가능한 선택이라는 이런 구도는 실제 선택지를 제시하지 않는 만큼 오히려 더 강렬한 감정을 만들어내는데, 저는 이것이 감정의 강렬함이나 진정성이 진실의 증거가 되는 센티멘털리즘의 성격을 띤다고 느꼈습니다. 오늘날에는 센티멘털리즘이라는 말이 가짜 감정을 비판할 때 주로 쓰이지만, '센티먼트'sentiment라는 단어 자체는 생각과 감정의 결합, 도덕적 원칙과 감정의 결합을 뜻하죠. 주로 감정을 통해 사유와 원칙을 떠받치려는 기획이 센티멘털리즘이었습니다. 문제는 점점 더 강렬하고도 치우친 감정에 기대는 경향을 낳게 된다는 것이지요.

경하는 자신의 꿈을 "학살과 고문에 대해 쓰기로 마음먹었으면서, 언젠가 고통을 뿌리칠 수 있을 거라고, 모든 흔적들을 손쉽게 여읠 수 있을 거라고, 어떻게 나는 그토록 순진하게 ─ 뻔뻔스럽게 ─ 바라고 있었던 것일까?"『작별하지 않는다』 23면 하는 질문으로 바꾸어 이해합니다. 저는 화자가 던지는 이 질문이 탐구되고 해소되는 과정에 주목해서 소설을 읽었는데요, 계속 살아가려면 고통을 떨쳐내고 한걸음 더 나아가야 하는데 소설 초반에서 화자는 그러지 못하고 주변 사람들은 물론 스스로의 생명력도 소진하고 있는 상태였죠. 화자가 던진 질문의 진정성이나 감정의 진실성은 의심의 여지가 없다고 봅니다. 그런데 여기서 화자는 그처럼 계속해서 고통을 떨치지 못하는 한편으로, 시간이 흐르며 고통에 대한 자신의 공감이 행여 옅어질까 죄책감마저 앞질러 느끼는 것 같습니다. 저는 그런 선제적 죄책감 역시 앞서 말한 센티멘털리즘과 연결된다고 생각했어요. 이 소설에서 화자는 역사적 트라우마나 고통과 관련해 사실상 '불가능한' 위치에 서고자 한 듯합니다. 저는 이 틀이 2, 3부에 가면 바뀌리라 기대하며 읽었는데 후반부는 장면 장면의 묘사들이 선명한데도 전체적인 흐름은 다소 모호하다는 느낌을 받았습니다.

백　꿈속에서 화자가 느끼는 딜레마는 말씀하신 대로 불가능한 선택이고 어느 쪽도 만족스러운 출구가 못 되는데, 그러니까 작가가 제시한 선택지가 모두 불가능하지 않느냐고 한다면 센티멘털리즘이라는 비판을 할 수도 있겠네요. 그런데 이건 악몽이라는 해당 장면 속의 극적 상황이고 작품의 다른 요소들을 따지면 또 달리 볼 여지가 많습니다.

『소년이 온다』의 틀로 『작별하지 않는다』를 보면 전자가 월등하죠. 고통이 지니는 공적인 힘, 트라우마의 전승과 극복이라는 프레임으로 보면 『소년이 온다』는 더할 것도 뺄 것도 없는 완벽한 작품입니다. 시기적으로 5·18 당일 이야기도 있고 그전 이야기와 후일담이 섞여 나오지만 모든 서사가 광주 5·18에 집중되어 있잖아요. 다른 이야기가 별로 없어요. 그래서 그 집중력이나 극적 구도, 건축술의 완벽함 등 어느 것 하나 빠지지 않습니다.

그런데 『작별하지 않는다』를 그런 프레임으로 보면 처음부터 맞아떨어지지가 않아요. 1부에서 화자의 친구 '인선'은 갑자기 화자를 병원으로 불러내 제주에 있는 자기 집에 가서 앵무새 '아마'에게 물 좀 주라는 부탁을 하고, 화자는 그길로 출발해서 가는 길에 온갖 곡절을 겪고 죽을 뻔하다가 겨우겨우 인선의 집에 도착합니다. 가보니 아마는 이미 죽어 있어요. 그 집에서 인선이 찍었던 비디오나 수집한 자료 들을 살펴보며 역사적 트라우마에 관한 이야기가 나오기 시작하는데, 『소년이 온다』의 기준으로 보면 도입부가 쓸데없이 너무 길어요. 그러니 이토록 긴 도입부를 쓴 작가의 의도에 비추어 이어지는 내용을 읽어야 합니다. 2부에서 느끼는 혼란스러움은 재현의 신뢰성을 떨어뜨리는 면이 분명히 있어요. 누군가 경하에게 4·3과 보도연맹 이야기를 들려주는데 그 전언자가 사람인지 유령인지 귀신인지 환영인지 불분명하다면 증언의 신빙성이 떨어지지 않을 수 없거든요. 황교수가 그런 신뢰성 문제를 지적한 건 중요한 쟁점을 부각한 거라고 봅니다. 다만 이를 『소년이 온다』의 틀에서 '고통의 공적인 힘'을 비교한 것은 재론의 여지가 있다고 생각해요.

황　　저도 『소년이 온다』가 5·18 광주의 이야기라고 할 수 있는 것과 같은 정도로 『작별하지 않는다』가 제주 4·3에 관한 이야기라고 말할 수는 없다고 생각합니다. 역사적 고통과 트라우마에 접속하는 방식이 상당히 다르니까요.

백　　저는 한강 작가의 장편 여덟편을 다 읽지는 못했지만 하나하나가 전부 특이해요. 같은 소설을 두번 쓰는 작가가 아니라고 생각합니다. 『소년이 온다』와 『작별하지 않는다』는 주제의 연속성이 있을 뿐이지 두 작품은 사실 전혀 다른 작품이라고 봐요.

　『작별하지 않는다』는 총 3부로 구성되는데 1부 분량이 전체의 절반 이상입니다. 1부는 주로 경하와 인선 두 사람의 관계에 대한 이야기, 인선이 다쳐서 고통에 시달리는 이야기, 인선의 부탁으로 경하가 제주에 있는 인선의 집으로 향하고 그 과정에서 죽을 고비를 넘기는 이야기가 이어지고 1부 끝에 가서야 경하가 인선이 모아둔 옛 비디오와 자료를 보는 장면이 나와요. 역사적 트라우마에 집중해 그것을 재현하고 전승하고 극복하려는 소설치고는 서두가 너무 길다는 비판을 받을 수 있습니다. 두 사람이 처음부터 제주 집에서 만나 인선 어머니 '정심'의 기록을 들쳐보았다면 고통과 트라우마를 더욱 집중해 다룰 수 있었을 텐데, 그러한 집중성을 흩트릴 뿐만 아니라 재현의 신뢰성을 뒤흔드는 혼란까지 야기하는 이야기를 저자가 왜 구상했을까 하는 의문을 가질 만해요.

　2부에서 야기되는 재현의 신뢰성 문제와 별도로 1부에서 경하와 인선의 이야기를 길게 하는 이유는 무엇일까요? 1부에서 독자들이 두 사람에 대해서나 한강 작가에 대해서 새로 알게 되는 게 뭐가 있을까 생각해보게 됩니다. 한강 작가는 '출구

없는 고통'을 쓰는 작가로 문단 등장 후 각광을 받았었죠. 작가는 경하와 인선 어느 한 사람의 고통이 아니라 두 사람의 각기 다른 고통을 이야기하는데, 두 사람의 공통점은 거짓을 참지 않으며 진실에 대한 집념이 강하다는 점이에요. 한 개인이 자신의 고통을 부둥켜안고 그걸 과시하는 소설과는 전혀 달라요.

두 사람 사이에 좋은 의미로서 자매애가 형성되어 있기도 합니다. 인선이 앵무새가 죽기 전에 빨리 가서 도와달라고 경하에게 부탁하는 점도 인상적인데, 그동안 오래 못 만났던 둘의 관계가 얼마나 깊고 친밀한지, 경하가 그런 무리한 부탁도 들어줄 거라는 확신이 인선에게는 있었던 거지요. 경하가 이 마음을 알아채고 수용하여 준비도 없이 바로 여행을 떠나잖아요. 또한 작품에서 처음부터 끝까지 눈 이야기가 계속 나옵니다. 이건 자연현상 또는 우주의 신비에 대한 경외심을 드러내는 듯해요. 소설 전반에 드러나는 생명에 대한 존중도 눈여겨볼 대목이죠. 경하만 해도 고통을 받는 이유가 학살을 떠올리게 하는 꿈 때문이고, 인선은 어머니가 겪은 4·3과 보도연맹사건 때문에 고통받죠. 말하자면 이 소설은 진실을 향한 집착이나 집념, 생명이나 우주의 신비에 대한 외경심을 공유하는 두 여성의 이야기로 출발하는 것 같아요.

경하가 천신만고 끝에 겨우 목적지에 도달한 뒤 2부에서 정신을 차리고 둘러보니 인선이 와 있고, 분명히 죽어서 자기가 손수 묻어줬던 앵무새 아마가 와 있습니다. 작가가 분명 의도한 것이고, 경하는 인선의 정체를 궁금해하며 독자가 가질 법한 의문을 앞질러 제기합니다. 따져보면 인선이 죽었다는 건 설득력이 없어요. 또 경하가 그사이 죽어 귀신이 된 것도 아니고요. 게다가 두 사람의 이야기는 일시적인 환각과 환청을 넘어설 정도로 오래 펼쳐집니다.

작가가 독자의 의심을 미리 알아채고 이런저런 가능성으로 복선을 깔아놓기도 했습니다. '네가 간절하게 보고 싶으니까 왔다'는 말도 나오고, 과거 인선의 어머니가 가출한 딸이 다쳤을 때 딸의 환영을 만났던 일화도 있고요. '살아남은 사람들이 항상 두 세계에 살고 있다'는 이야기도 자꾸 언급됩니다. 작가가 신뢰성의 문제를 의식하고 그걸 방어하려 여러 시도를 한 건 틀림이 없어요. 이 시도가 성공했느냐 아니냐를 묻는 것도 작품을 논하는 하나의 방법이지만, 또 하나의 방법은 이런 방식이 아니라면 어떻게 이 서사를 진행했겠는가를 묻는 겁니다. 물론 인선이 다 나은 뒤 경하와 제주에서 다시 만나 어머니 이야기를 해줄 수도 있겠지만, 그건 좀 맥 빠지는 서사가 되었을 것 같아요.

경하가 제주에 도착한 바로 그날 밤 인선 어머니의 내밀한 이야기를 발견하게 되는 것, 그것이 굉장히 드라마가 있죠. 또 사람인지 귀신인지 모를 인선이 아무리 어둡고 추워도 오늘 반드시 둘이 작업하려던 장소에 가야 한다고, "다음이 없을 수도 있잖아"『작별하지 않는다』 307면 하고 말해요. 이는 이미 죽어서 다음이 없다는 뜻일 수도 있지만 바로 그 순간 마주하지 않으면 그만한 충격이 느껴지지 않는 상황일 수도 있죠. 저는 이 대목에서 영국의 시인이자 비평가 새뮤얼 테일러 콜러리지 Samuel Taylor Coleridge가 말한 '불신의 자발적 중지'willing suspension of disbelief 효과를 거두는 게 아닌가 싶습니다. 그리고 인선 어머니 정심의 이야기가 본격적으로 펼쳐지면서 인선의 정체에 대한 관심이 싹 사라집니다.

황　작가는 노벨상 수상 기념 강연에서 "친구인 경하와 인선이 촛불을 넘겼다가 다시 건네받듯 함께 끌고 가는 소설이지만, 그들과 연결되어 있는 진짜 주인공은 인선의 어머니인 정심이다"라며 "우리는 얼마나 사랑할 수 있는가? 어디까지가 우리의 한계인가? 얼마나 사랑해야 우리는 끝내 인간으로 남는 것인가?"[7] 하는 질문을 던집니다.

백　그렇다고 이 소설의 주인공이 정심이고 경하와 인선이 조연인 건 아니지만, 정심이 서사의 중심에 서면서부터는 거기에 몰두하게 되어 인선이 유령이냐 아니냐 하는 의문은 뒤로 물러나죠.

황　네, 정심이라는 인물과 4·3, 그리고 보도연맹 이야

7　한강 『빛과 실』, 25면.

기가 본격적으로 등장하며 서사가 더 단단해지는 것 같습니다.

백　지금과 같은 방식이 아니라면 어떤 서사 전략이 가능했을까 질문해보면 그에 대해 답이 쉽게 나오지 않네요.

황　앞서 말씀드린 대로 저는 1부의 '불가능한 선택'에 대한 질문이 2, 3부에서 어떤 식으로 전환되고 해소되는가가 전체적인 작품을 보는 중요한 열쇠가 되리라 생각했습니다. 그런데 평론을 쓰던 당시에는 2, 3부가 저한테 그리 뚜렷한 전환으로 다가오지 않았어요. 하지만 지금 말씀하신 대로 질문해보면 사실 무덤과 함께 잠기느냐 등지고 가느냐 하는 1부의 물음을 폐기하지 않고 붙잡고 가면서 해소하려면 이런 서사 말고 달리 어떤 게 가능했을까 싶기도 합니다. 그 질문의 성격이 이런 서사를 낳았다고 보여요.

백　적절한 비유인지 모르겠지만 중국계 미국 SF 작가 켄 리우Ken Liu는 일본 731부대의 잔학성을 이야기할 때 SF라는 장치를 도입하잖아요.[8]

8　켄 리우 「역사에 종지부를 찍은 사람들」, 『종이 동물원』, 장성주 옮김, 황금가지 2018; 황정아 「이토록 문제적인 '인간'」, 『창작과비평』 2024년 봄호 참조.

황　　네, 타임머신을 탄 것처럼 물리학적으로 과거를 딱 한번 볼 수 있는 방법을 찾았다는 식으로 진실을 밝히는 과정이 그려지죠.

백　　이 작가가 공상과학 소설적인 발상에 탐닉해서 이렇게 쓴 게 아니고, 731부대의 경우에는 진상을 알 수가 없어요. 너무 오래전 일이기도 하고 관련 정보들이 모두 은폐되거나 폐기되었죠. 그러니 이런 SF적 장치를 도입함으로써만 그 장면을 실감 있게 그릴 수 있는 거죠.

물론 『작별하지 않는다』는 SF가 아니고 또 SF적 장치는 그 나름대로 과학적인 합리성으로 설명이 되는 반면 『작별하지 않는다』는 그렇지 않습니다. 다만 이 방법 말고 다른 어떤 서사 전략이 가능했을까 하고 물었을 때 쉽게 답이 나오지 않는 건 사실입니다.

덧글

이는 물론 『작별하지 않는다』가 시도하는 특정 서사에 관한 이야기이고, 4·3이나 제주도에 관해 서사 전략을 달리하여 훌륭한 작품을 만들어내는 일도 얼마든지 가능하다. 『작별하지 않는다』와 대조적으로 전통 사실주의에 훨씬 충실한 기법을 통해 이룩한 성과로 현기영의 『제주도우다』창비 2023를 들 수 있다. 전3권의 대작을 한강론에 끼워 넣은 몇마디로 논하는 것이 예의가 아닐 수 있지만, 『제주도우다』와의 대비는 『작별하지 않는다』의 이해에도 도움이 된다. 현기영이 한강 작품과 대조되는 사실주의적 기법과 유장한 호흡으로도 독자를 사로잡을 수 있는 것은 4·3 자체의 절실함뿐 아니라 제주에서 태어난 작가만이 쓸 수 있는 4·3 이전 제주도 공동체의 기억도 못지않게 중요했기 때문이다. 이 서사 역시 재현의 신뢰성이 담보되지 않으면 미화된 옛이야기에 그칠 수 있다. 그러나 현기영에게는 일제강점기의 압제 속에서도 유지되던 공동체가 철저히 깨진 것 자체가 4·3의 역사적 비극이기도 하다. 실제로 7부작인 이 소설에서 4·3은 6부에 이르러서야 시작하는데, 제한된 지면을 할애하고도 다양한 기법과 압축의 기술을 한껏 발휘하여 수많은 사건과 운명을 재현한 것도 놀랍거니와, 다 읽고 나면 자연과 생명에 대한 외경심이나 '죽은 자가 산 자를 구원할 수 있다'는 신념 등 뜻밖의 많은 점을 『작별하지 않는다』라는 전혀 다른 작품과 공유하고 있다는 실감이 다가온다.

황　　　네, 그런 것 같습니다. 제가 이 작품을 『소년이 온다』와 연결한 이유는 물론 주제의 연속성 때문이기도 하지만, 경하나 인선이 가진 고통의 공적인 성격 때문이기도 합니다. 경하가 느끼는 고통은 예술가로서의 개인적인 고통인 동시에 역사적 트라우마를 다룬 소설을 쓴 이후에 느끼는 고통이라는 점에서 공적인 성격을 띱니다. 인선 또한 예술가로서 그러한 고통을 헤쳐나가는 과정이 병치되면서 인선이 겪었던 강렬한 각성의 경험들이 공유되고, 그러면서 경하가 자신의 질문에서 조심스럽게 나아가는 서사 구조를 취하는 것 같아요.

이 소설의 주인공이라고 이야기하기는 무리가 있지만 정심이 2부에서 중심적인 역할을 하는 것은 그가 피해자의 가족이기도 하지만 그 누구보다 사건의 진실을 끈질기게 추적해나간 장본인이기 때문입니다. 인선은 어머니의 과거를 알기 전에는 초라하고 무기력한 어머니를 견디지 못해 가출하기도 했지만, 나중에 진실을 알게 되고 정심에게 사뭇 다른 감정을 느끼죠. 이런 식으로 세 인물이 겹쳐지며 첫 질문에서 벗어나는 방향으로 어떤 감정적인 움직임이 일어난다고 할 수 있을 듯합니다.

백　『작별하지 않는다』에서 묘사하는 자연과 우주에 대한 경이감도 주목해볼 만합니다. 가령 경하와 인선은 눈이 내리는 걸 보면서 참 이상하다고 하는데, 그게 결국 신기하다는 이야기죠. 1부 끝부분, 경하가 폭설 속에서 구덩이에 빠져 이런 생각을 합니다. "물은 언제까지나 사라지지 않고 순환하지 않나. 그렇다면 인선이 맞으며 자란 눈송이가 지금 내 얼굴에 떨어지는 눈송이가 아니란 법이 없다. 인선의 어머니가 보았다던 학교 운동장의 사람들이 이어 떠올라 나는 무릎을 안고 있던 팔을 푼다. 무딘 콧날과 눈꺼풀에 쌓인 눈을 닦아낸다. 그들의 얼굴에 쌓였던 눈과 지금 내 손에 묻은 눈이 같은 것이 아니란 법이 없다."『작별하지 않는다』 133면 눈 같은 자연현상에 대한 존경심입니다. 해월海月 최시형의 경물敬物사상[9]을 연상케 하는 대목이기도 해요. "물뿐 아니라 바람과 해류도 순환하지 않나. 이 섬뿐 아니라 오래전 먼 곳에서 내렸던 눈송이들도 저 구름 속에서 다시 응결할 수 있지 않나. 다섯 살의 내가 K시에서 첫눈을 향해 손을 내밀고 서른 살의 내가 서울의 천변을 자전거로 달리며 소낙비에 젖었을 때, 칠십 년 전 이 섬의 학교 운동장에서 수백 명의 아이들과 여자들과 노인들의 얼굴이 눈에 덮여 알아볼 수 없게 되었을 때, 암탉과 병아리들이 날개를 퍼덕이는 닭장에 흙탕물이 무섭게 차오르고 반들거리는 황동 펌프에 빗줄기가 튕겨져 나왔을 때, 그 물방울들과 부스러지는 결정들과 피 어린 살얼음들이 같은 것이 아니었다는 법이, 지금 내 몸에 떨어지는 눈이 그것들이 아니란 법이 없다."같은 책 135~36면 이 역시 경물사상의 연장이죠. 죽은 사람들 얼굴에는 눈이 떨어져도 녹지 않잖아요. 그래서 죽은 이의 신원을 확인하려고 쌓인 눈을 일일이 닦아내야 했는데 그런 트라우마의 전승이 경물사상과 합쳐져 『소년이 온다』와는 다른 방식으로 독특하게 극복되고 있지 않나 생각합니다.

9 최시형은 하늘을 섬기고(경천敬天) 사람을 섬기고(경인敬人) 만물을 섬기라(경물敬物)는 삼경(三敬)사상을 제시했으며, 경물에 대하여 "사람은 사람을 공경하는 것만으로는 도덕의 극치가 되지 못하고 물(만물)을 공경함에까지 이르러야 천지기화의 덕에 합일될 수 있느리라"고 했다.

황　앞부분에서 화자가 꾸는 꿈은 택할 수 없는 선택지를 내놓음으로써 고통을 공유한다는 것의 극단적이고도 불가능한 방식을 제시하는 설정인데요. 지금 말씀하신 눈이나 자연에 대한 경이감에 주목하면 그처럼 만물이 연결되어 있다는 인식이 센티멘털리즘을 돌파하는 한 방식일 수 있겠지요.

백　황교수는 당시 평론에서 센티멘털리즘과 대비되는 것으로 문학의 '공동영역'commons을 언급했죠. 이때 공동역역이 먼저 존재하고 개인의 고통이 나중에 있다고 생각하면 그건 개인의 고통에 집착하는 태도와는 다르죠. 한강은 그 경지에까지 도달해 있는 듯합니다.

4. 강렬한 인물들의 짙은 여운:
『채식주의자』와 「노랑무늬영원」

황　백지연 평론가는 「삶의 본모습을 찾는 '목소리'의 여정」[10]이라는 평론에서 한강의 첫 소설집 『여수의 사랑』문학과지성사 1995을 시작으로 『내 여자의 열매』창작과비평사 2000, 개정판 문학과지성사 2018, 『노랑무늬영원』문학과지성사 2012 등 자주 언급되

10　이 책의 45~64면 참조.

지 않던 저작들을 아우르며 작가의 작품 전반을 다루었습니다. 그러면서 특히『채식주의자』창비 2007, 개정판 2022를 주목해 읽고 있는데요.『채식주의자』의 중심인물인 '영혜'가 굉장히 문제적인 인물이지 않습니까? 영혜를 두고 "몸의 변신을 통해 세계의 구조적 폭력을 일깨우는" 인물이라고 평하죠. 그럼에도 불구하고 영혜를 "가족폭력에 희생된 대상으로 단순화하거나 반대로 환원 불가능한 고립된 인물로 판단하도록 순순히 놓아두지 않는 데서 재현의 리얼리티를 획득한다"고 평가합니다. 가부장제를 포함해서 "자신을 가두는 시스템에 끝까지 저항"하는 영혜가 어떤 "절박함"을 띠고 있고, 그렇기 때문에 각각 세 연작의 화자가 되는 남편, 형부, 언니 같은 주변 사람들에게 그들이 "각자 안고 있는 불안과 결핍을 파고들며 그들 자신이 망각한 삶의 '본모습'에 대해 묵직한 질문을 던"진다고 해석했습니다.

영혜는 통상적인 피해자로 환원되지 않는, 그것을 넘어 무척 강렬한 인상을 주는 인물입니다. 이론적인 쟁점도 많고 다양한 해석도 나오는 작품인데 선생님은 어떻게 보셨는지 궁금합니다.

백 다른 평론가들에 비하면 백지연 평론가가 페미니즘적 관점을 과도하게 부각하지는 않는 편이지만 가부장제에 대한 젠더적 저항을 키워드로 삼은 건『채식주의자』와는 조금 맞지 않는 것 같아요.「몽고반점」에서 형부와의 관계도 통속적인 불륜이라든가 여성에 대한 남성의 성착취와는 좀 달리 봐야 할 것 같고요.

형부는 형부대로 특별한 면이 있는 인물이지요. 처음부터 애정까지 품었는지는 몰라도 처제에게 성욕을 느꼈지만, 몸에 녹색 그림을 그린 여성과 성교하는 비디오를 촬영하려고 할 때 처음에는 자기가 몸소 성관계를 할 생각이 없었잖아요. 자신의 욕망을 충족하기보다는 예술작품의 완성을 우선시했던 거죠. 그래서 형부는 후배 J에게 성관계를 요청하지만 J가 나더러 포르노에 출연하라는 거냐고 거부하자 자신이 직접 나서면서 그 장면을 촬영케 합니다. 깊은 잠에 빠져들며 영혜가 "이제 무섭지 않아요. ……무서워하지 않을 거예요"『채식주의자』172면라고 말하는 소리를 들어요. 영혜는 형부와의 관계를 아무 스스럼없이 받아들이는데, 아주 특이하고 강한 인물이죠.

황　　네, 두 인물이 어떤 비인격적인 차원에서 관계를 맺는 것으로 그려집니다.

백　　그러고 나자 채식을 시작하게 된 원인이자 영혜의 가장 큰 문제였던 악몽이 치유된 거예요. 그런 면을 생각지 않고 형부와 처제의 불륜 관계에만 주목한다면 놓치는 것들이 생깁니다. 특히 형부의 아내이자 영혜의 친언니 '인혜'는 그들이 잠든 사이 들어왔다가 비디오를 보고 격분하여 남편을 유치장에, 동생을 정신병원에 보내는데 그 심경은 물론 이해가 가지만 이것도 굉장히 폭력적인 행위죠. 인혜가 이렇게 개입하지 않았다고 해서 그들의 관계가 지속되기란 불가능했을 테지만, 중요한 건 무언가를 통해 영혜가 치유되기 시작했다는 겁니다. 많은 평론가가 그런 점을 놓친 게 아닌가 싶어요.

황　영혜가 새를 죽이는 부분 등은 영혜를 피해자로만 보는 데 제동을 거는 디테일이라는 생각이 듭니다. 영혜는 페미니즘적인 저항이나 급진적인 정치성을 극적으로 구현하는 인물이라기보다 폭력을 좀 격렬하게 되비추는 '리액션' 차원의 성격도 지닌 것 같아요.

백　네, 영혜가 페미니즘의 롤모델은 아니죠.

황　그렇게 해석하는 사람들도 있지만요. 또다른 측면에서는 바로 그런 식의 과도한 페미니즘적 해석에 제동을 거는 것이 이 작품의 의의라고 보는 입장도 있습니다. 영혜가 보여주는 독특한 비인격성은 이 작품의 래디컬한 면모와 연결이 되는데, 그 부분을 일반적인 윤리나 정치성으로 끌어와 해소해서는 안 되는 것 같습니다.

　이어서 「노랑무늬영원」에 대해 이야기해보자면, 이 작품 역시 예술가의 여정을 그렸다는 점에서 『작별하지 않는다』와

도 통한다는 생각이 듭니다. 「노랑무늬영원」은 예술가의 고통
과 고뇌, 그리고 그것을 딛고 삶과 예술로 돌아가는 서사 구조
를 취하고 있습니다. 화자인 '나'는 화가인데, 교통사고를 당해
손을 못 쓰게 되면서 이전의 작업 방식으로 영원히 돌아가지 못
하게 됩니다. 백지연 평론가는 그 과정에서 화자가 자신의 예술
이 일상 속에서도 추구될 수 있음을 깨닫고, 여러 삶의 가능성
을 겸허하게 돌아보는 이야기라고 정리하는데요. 꽤 강렬한 중
편소설인데, 이 작품은 어떻게 보셨는지요?

백　　내용도 풍부하고 강렬한 작품이라서 이야기하자
면 길어지겠지만 꼭 짚고 넘어가고 싶은 부분이 있습니다. 앞서
『작별하지 않는다』의 인선이나 경하는 자기 자신한테 거짓말하
지 않는 정직한 인물, 진실을 대면하는 인물이잖아요. 그런 의
미에서 구도자적인 면이 돋보이지요.

　　「노랑무늬영원」의 '나'는 사고를 당해 손을 다친 이후 변
화를 겪습니다. 그때 '나'의 남편은 "보통은 (…) 이런 일을 겪
고 나면 감사하게 되잖아. 죽음 가까이 갔던 사람들이라면 누구
나, 새로 태어난 것처럼 삶을 찬미하곤 하잖아? 그게 성숙한 사
람의 태도 아니야?"「노랑무늬영원」 226면라며 '나'를 비난하죠. '나'
는 이렇게 생각합니다.

　　"그때 나는 그에게 설명할 수 없었다. 내 몸이 그 전복된
차 속에서 만신창이가 되었을 때, 무엇인가가 내 안에서 튀어나

와버렸다는 것을. 아니, 거꾸로 나라는 존재가 무엇인가로부터 튀어나와버렸다는 것을./예전에 그림을 그리면서 나는 삶으로부터 자유롭다고 느꼈었지만, 오히려 그때의 내가 삶의 한가운데 있었다는 것을, 나는 사고 후에야 비로소 깨달을 수 있었다./내가 천구백몇년생이라든가, 어느 도시에서 태어났다든가, 부모가 누구이며 어떤 유년 시절을 보냈고 이러저러한 심리적 외상들을 겪으며 성장했다든가 하는 따위의 것들 — 말하자면 나의 모든 과거가 하나의 껍데기가 되어 있었다. 그때까지 나는 객석에 앉아 있었고, 무대에 올려진 한 편의 연극에 한창 몰입해 있다 말고 갑자기 극장의 불이 켜져버린 것이다./한번 불이 켜지고 나자, 예전으로 돌아간다는 것은 불가능했다. 나는 이상한 강을 — 그때까지 한 번도 건너본 적 없는 — 건넌 것이다. 그 연극 속에서 울고 웃고 마음 졸였던 나는 이미 내가 아니었다. 예전에 미워했던 것들을 더 이상 미워할 수 없었으며, 그보다 나쁜 것은 예전에 사랑했던 사람들을 더 이상 사랑할 수 없다는 것이었다. 남편도, 형제들도, 심지어 어머니까지도."같은 책 226~27면

　　사고로 인한 우울에서 벗어나 마치 구도자가 구도의 길에 나서면서 모든 것을 내려놓고 오직 진리만을 찾는 것 같습니다. 해탈까지는 아니더라도 수도를 위해 출가한 사람 같다는 느낌이 들어요. 기존의 도덕이나 익숙한 미움과 사랑 같은 감정을 벗어던지고 새로운 진리를 찾아가는 면모가 이 작품에도 나타

나 있고, 그것이 한강의 중요한 일면이 아닌가 생각합니다.

황　저는 저 나름대로 한강 작품이 일관되게 '래디컬' 하다고 생각하는데요. 이때의 래디컬함이란 한강의 작품을 번역한 번역가 데버라 스미스Deborah Smith가 작가의 작품이 '사회 금기에 도전한다'고 이야기한 것과는 다른 차원인 듯합니다.

백　데버라 스미스가 말한 금기 깨기 정도로는 충분히 래디컬하지 않다는 뜻이군요. 동의합니다. 그렇다면 진짜 래디컬한 건 무엇일까요? 저는 황교수가 제기한 센티멘털리즘이라는 문제의식이 상당히 유효하다고 봅니다. 누군가 한강 문학의 래디컬함을 논할 때 원용할 수 있는 개념이 센티멘털리즘인 것 같아요.
　황교수가 처음 이 논의를 시작했을 때는 자유주의와 결부해 이야기하며 자유주의가 곧 센티멘털리즘이라고 주장했죠. 당시 그런 주장을 하게 된 것은 어떤 맥락에서였나요? 센티멘털리즘이 아닌 것은 무엇으로 설정했었나요?

황　간단히만 정리해보자면 제가 한강 작품에 대한 평론을 쓸 때 센티멘털리즘을 두가지 종류로 이야기했습니다. 하나는 '가짜 감정'으로서의 센티멘털리즘, 다른 하나는 '감정의 강렬성'에 토대를 두는 경향으로서의 센티멘털리즘입니다.

자유주의의 기본적인 정동이 센티멘털리즘이라는 제 주장은 '가짜 감정'과 연관되는데, 미국의 사회학자 이매뉴얼 월러스틴Immanuel Wallerstein이 이야기한 자유주의에 대한 설명에 기댄 것입니다. 월러스틴에 따르면 자유주의는 근대문명 자체를 지배한 지구문화geoculture이며, 몇가지 문제들을 선택적으로 해결해주면서 근본적인 변화를 유예하는 것을 주된 전략으로 채택합니다. 당장은 어려워도 장차 근본적 변화가 있으리라고 약속하는 방식으로 진짜 변화를 뭉개는 전략이지요. 이렇게 변화를 유예하고 약속으로 버티려다보니 감정적인 동원이 필요해집니다. 가짜 약속을 믿게 만들려면 감정 자체도 허위 감정일 수밖에 없고요. 저는 이때 자유주의가 동원하는 가짜 감정이 센티멘털리즘이라고 이야기했습니다.

백 월러스틴은 레닌주의(볼셰비즘)도 자유주의의 변종의 하나라고 봤습니다. 레닌주의는 서방 세계의 자유주의에 비하면 훨씬 래디컬한 변혁을 추구했지만 월러스틴의 주장대로 근본적인 변혁은 유예하면서 우선 농민과 노동자를 잘 먹고 살게 해준다든가 또는 반대하는 세력을 숙청을 한다든가 하는 선에 머물렀지 진짜 래디컬리즘은 아니지 않았느냐 하는 거죠. 그렇다면 자유주의도 아니고 센티멘털리즘도 아닌 것은 무엇인가요?

황　　　한마디로 대답하기 참 어려운 질문인데요. 저는 센티멘털리즘이 가짜 감정임을 알아채고 '진짜 감정'을 변별하는 힘과 그것을 가지고자 하는 열망이 중요하지 않나 싶습니다.

그렇다면 자유주의가 지배하는 가짜 감정들 사이에서 진짜 감정은 어떻게 생겨나는가 하는 질문이 따릅니다. 진짜 감정을 위해서는 '다른 세계'를 살아간다는 감각이 어느 정도 필요한 것 같아요. 그래서 이미 내 마음에 와 있는 다른 세계를 간절하게 붙잡고 그것에 충실하고자 할 때 '진짜 감정'이 나올 여지가 생기지 않을까요?

선생님께서 「노랑무늬영원」의 화자가 구도자적 면모를 드러내며 보여준 '비워놓음'을 언급해주셨는데 그런 것이 필요한 것 같습니다. 이미 와 있는 다른 세계가 크든 작든 내 안에 있고 내 삶의 지표는 이미 다르다고 생각하는 것이 진짜 감정을 위한 자리가 아닐까 싶습니다.

백　　　그럴 때는 감정이라는 말로는 좀 불충분하지 않을까요? 온몸에서 우러나는 감정이자 생각도 하나가 된 상태겠네요. '시의 상태'로도 볼 수 있겠고, 진정한 사상으로도 볼 수 있겠습니다.

5. 나가며: 개벽적 차원에서 보는
한강의 작품세계

황　　대담을 마무리하며 한강 작가의 작품세계 전반을 짚어보면 좋겠습니다. 한림원이 노벨 문학상 선정 경위를 설명하며 "역사적 트라우마와 대면하고 인간 삶의 연약함을 드러내는 강렬한 시적 산문"이라고 했고, 심사위원 안나-카린 팔름 Anna-Karin Palm은 한강의 작품이 "인간의 삶과 죽음이 어떻게 얽혀 있으며, 그 트라우마가 어떻게 여러 세대에 걸쳐 인구 집단에 남아 있는지를 잘 보여준다"[11]고 평했습니다. 이런 면모에 많은 사람이 공감하는 것 같아요.

선생님께서는 "진정한 예술작품이 하나 탄생할 때마다 ─ 아니 그런 작품을 후래 대중이 반가이 수용할 때마다 ─ 크고 작은 정신개벽이 이루어진다고 생각한다"[12]고 하셨고, 시가 쓰일 때마다 이전에 없던 세계가 새로 열리는 충격이 생긴다고도 말씀하셨습니다. 우리가 이미 다른 세계에 살고 있다는 기분과 사상과 감정이 문학에서의 개벽적 차원인 것 같아요.

백　　그런 면에서 「노랑무늬영원」에서 화자는 정신개

---

[11] 「잔혹에 맞선 부드러움, 한강 노벨문학상 수상」, 『한겨레21』 2024.10.10.

[12] 백낙청 「원불교의 정신개벽운동」, 원불교 개교 100주년 기념 국제학술대회 기조강연, 2016.4.28.

벽의 길로 들어섰습니다. 성불의 단계까지 이르지는 못했을지
라도 낡은 틀을 떨치고 현재를 있는 그대로 보아야 센티멘털리
즘에서 벗어날 수 있습니다. 원론적으로 말하면 진정한 예술작
품이 탄생할 때마다 정신개벽이 이루어지는데, 그것이 모두 같
은 수준은 아니잖아요. 물질개벽의 실상을 충분히 알고 그에 부
응하며 물질개벽을 감당하는 수준의 정신개벽을 단편적이고 일
시적인 깨달음과 식별할 수 있어야 합니다.

영국의 소설가 D. H. 로런스D. H. Lawrence가 「장편소설의
미래」*The Future of the Novel, 1923*라는 글에서 비슷한 이야기를 합
니다. 그는 세상이 뒤집힌 뒤 완전히 새로운 출발을 도와주고
준비해주는 문학이 무엇일까를 고민합니다. 그러면서 현대사회
를 'this democratic-industrial-lovey-dovey-darling-take-me-
to-mammy state of things'(이 민주적이고-산업화된-내-사랑-
자기야-나를-엄마에게-데려다줘 상태)라는 세상 질서로 특징
지었는데, 사회주의까지 포함해 지구문명을 이야기한 월러스틴
과도 통하고 황교수가 지금 이야기하는 취지에도 맞지 않나 싶
어요.

『문명전환의 한국사상』에 황교수가 쓴 신동엽론[13]을 읽
었습니다. 이 책의 특징상 신동엽의 시보다 산문과 사상적 작품

---

[13] 황정아 「인류세 시대의 신동엽과 개벽사상」, 강경석 외 『문명전환의 한국사
상』, 창비 2025.

을 주로 다루었는데, 그의 산문 「시인정신론」1961에 따르면 신
동엽은 원수성, 차수성, 귀수성으로 시대를 구분하죠.[14] 브뤼노
라투르Bruno Latour 같은 프랑스 이론가는 포스트 휴머니즘을 논
하며 물체에도 행위자성이 있고 생명이 있다는 듯 주장하는데
얼핏 들으면 한강이 보여주는 우주 생명의 신비를 연상시키지
만 사실은 전혀 아니죠. 신동엽의 사상하고도 아주 다르다는 걸
그 글에서 논해주셨어요.[15]

　　신동엽의 시 「껍데기는 가라」의 "껍데기는 가라./동학년
東學年 곰나루의, 그 아우성만 살고/껍데기는 가라" "이곳에선,
두 가슴과 그곳까지 내논/아사달 아사녀가/중립中立의 초례청
앞에 서서/부끄럼 빛내며/맞절할지니"[16] 같은 구절을 보면 시
자체가 4·19와 동학을 호명하며 개벽적인 면모를 보여줍니다.
「아니오」라는 시에서는 "아니오/사랑한 적 없어요,/세계의/지
붕 혼자 바람 마시며/차마, 옷 입은 도시 계집 사랑했을 리야"[17]

14　신동엽은 문명이 시작되지 않은 봄철 원수성(原數性)의 세계, 문명 역사의
　　전체인 여름철 차수성(次數性)의 세계, 대지로 돌아가는 가을철 귀수성(歸
　　數性)의 세계로 역사를 구분 지었다.

15　"가이아를 재소환하면서까지 살아 있는 지구를 강조하고 지구를 이루는 비
　　인간(non-human)의 살아 있음을 주창하면서도 라뚜르는 그 살아 있음을
　　기본적으로 '행위능력'(agency)에 묶어둔다. (…) 그가 말한 행위능력이 다
　　른 행위자들을 변성시키고 행위의 물결 전체에 영향을 미치는 적극적인 역
　　량이라 해도, 이런 틀에서는 진짜 '살아 있는 듯이' 사는가, 또는 가장 '자신
　　답게' 살아 있는가 하는 질문들은 제기될 수 없다." 황정아, 앞의 책 190면.

16　신동엽 「껍데기는 가라」, 강형철·김윤태 엮음 『신동엽 시전집』, 창비 2013.

17　「아니오」, 같은 책.

라고 하는데, 여기서 "옷 입은 도시 계집"이란 근대주의에 물들고 센티멘털리즘에 젖은 근대인을 이야기하는 것 같아요. "옷 입은 도시 계집"과는 정반대되는 "두 가슴과 그곳까지 내논/아사달 아사녀" 같은 인간상이 개벽의 아주 중요한 면모라고 봐요. 그렇다면 한강 소설에 그런 개벽적인 면이 어느 정도 있다고 생각하세요?

황　『소년이 온다』등 몇몇 작품에 구도자적인 면모가 담겨 있는 건 분명한 듯합니다. 진실이 아닌 것은 받아들이지 않겠다는 강렬한 결의와 자세라고 할까요. 앞서 제가 래디컬리즘이라고 표현했는데, '적당히'가 없는 작가의 태도가 이를 뒷받침하는 것 같습니다. 진실에 대해서도 그렇고 진실을 찾아나가며 거짓을 배척할 때도 '이만하면 됐다' 하는 타협이 없어요. 이러한 작가의 래디컬함은 그저 섬세하고 집요하다는 차원을 넘어 전통적인 덕목인 '성誠'이라는 범주를 떠올리게 합니다. 한강의 모든 작품에 이러한 미덕이 두드러지게 드러나지는 않을지라도, 그 자세만큼은 전반적인 작품세계에서 일관되게 유지되고 있습니다. 미처 알지 못했던 감정과 동요를 경험하게 하고 그를 통해 새로운 차원의 실재성을 깨우쳐준다는 점에서 개벽을 이야기할 여지가 많다고 생각합니다.

백　독자로서도 한강이 글을 잘 쓰고 역사의 트라우마를 잘 재현한다는 수준에서만 볼 게 아니고, 그에게 처음부터 개벽적인 면모가 있음을 인정하고 그런 면을 더욱 북돋는 논의를 이어가야겠습니다. 마지막 소감을 듣고 좌담을 마무리해볼까요?

황 　어느 때보다 주목받고 있는 한강 작품을 논하는 자리라서 조금은 긴장했었는데요. 이야기를 나누다보니 어느새 선생님 말씀에 스며들면서 한껏 집중하게 되었습니다. 제가 미처 짚어내지 못했던 부분, 특히 생각지 못했던 연결점을 풍부하게 지적해주신 덕에 앞으로 한강 작품이나 다른 문학작품에 대해 글을 쓰거나 생각할 때 중요한 자원이 될 듯합니다. 보람 있는 시간이었습니다. 감사합니다.

백 　좋게 받아들여주셔서 고맙습니다. 끝까지 시청하고 읽어주신 시청자와 독자 여러분께 감사드립니다.

제 3 부

제 3 부

어둠 속의 빛,
고통의 시학

한강 장편소설 『검은 사슴』이 던지는 질문

정홍수

鄭弘樹 문학평론가. 평론집 『소설의 고독』 『흔들리는 사이 언뜻 보이는 푸른빛』 『가버릴 것들을 향한 사랑』, 산문집 『마음을 건다』 『서로의 등을 바라보며』 등이 있음.

1. 고통, 그리고 고통에 대해 말하기

한강의 첫 장편소설 『검은 사슴』문학동네 1998, 개정판 2017. 이하 이 책의 인용은 본문에 개정판 면수만 표기은 실종된 존재를 찾아가는 탐색담의 형식 속에 인간 고통에 대한 절실하고 강렬한 질문들을 새겨 넣고 있다. 실종된 인물 '의선'은 고통의 임계점에서 얼마간 기억을 잃어버린 존재로, 그 자신의 바닥 모를 고통을 통해 세상의 폭력과 비참을 환기한다. 의선은 고통에 짓이겨지면서도 빛을 향한 갈망을 포기하지 않는다. 소설의 주인공 '인영'과 '명윤'은 세상으로부터 버림받고 내쳐진 의선에게서 그들 자신의 내밀한 존재적 아픔을 비추고 감싸는 역설적 '빛'을 본다. 의선이라는 타자성의 시련은 그들의 존재를 찢고 들어오는데, 소설은 고통의 이어짐 안에서 인간 존재의 또다른 가능성을 상상한다.

고통에 대한 감응에서 인간과 세상에 대한 질문을 쌓아

오고, 그 고통의 사회적·역사적 연원까지 치열하게 탐사해온 그간 한강 문학의 궤적을 생각해보게 되는 대목이다. 소설은 탄광촌의 사진작가 '장종욱'을 여로에 동행시키면서 질문의 켜를 늘린다. 그런 가운데 의선의 불행한 가족사와 연결된 탄광촌은 단순한 배경을 넘어 이 소설이 마주하는 고통의 구체적인 뿌리로 제시된다. 소설의 배경으로 짐작되는 1980, 90년대는 오랜 기간 폭압적인 정치권력이 주도해온 압축성장의 폐해가 사회 곳곳에서 터져나오던 시절이다. 석탄산업합리화 조치 이후 몰락해가는 탄광촌의 역사는 1980년 사북항쟁의 기억을 환기하고, 인물들의 이야기와 직간접적으로 연결되는 여러 사회적 재난의 사고들은 시대의 환부와 연결된다. 잡지사 기자인 인영의 취재여행을 겸한 4박 5일의 여정에서 검은 산과 흰 눈 속에 잠긴 탄광촌의 시간이 그 실체를 온전히 드러낼 수는 없을 테다. 그러나 소설은 인영과 명윤을 그 거리距離에 정직하게 노출시키면서도 깊고 깊은 막장의 어둠, 탄광촌 오지 마을에서 자라난 의선의 고통에 끈덕지게 다가간다.

에필로그까지 모두 16개의 장으로 나뉜 긴 소설에서 실종된 의선이 초점화자가 되어 자신의 내면까지 들려주는 유일한 장이 14장 「약초꽃 피는 때」(소설에는 장 표시 없이 소제목만 붙어 있다)이다. 그녀는 힘겨운 서울 생활을 견디기 위해 머릿속으로 일기를 쓴다. 기억할 수 있게, 최대한 간결한 서너문장으로. 그러다 인영에게만은 자신의 삶을 단 몇마디로 압축하여 말하고 싶다는 생각을 하고, 이번에는 머릿속으로 허공에 편지 쓰기를 시도하지만 간절한 쓰기-말하기의 소망은 매번 실패한다. 어쩌면 『검은 사슴』 전체는 이 쓰기-말하기의 이어받기일 수도 있다. 그러나 그 이어받기는 의선의 좌절과 실패를 기억하는 방식이어야 할 것이다. 한강 소설이 이 점에 대해 특히 예민하고 엄격한 자기성찰을 계속해왔음을 우리는 안다. 한강의 소설에서는 고통의 실체적 진실을 향한 분투만큼이나 고통을 말한다는 것에 대한 소설의 자기심문이 매번 같이 일어나고 있다. 그의 작품이 우리를 깊은 곳에서 흔든다면, 그것은 이러한 태도가 세상을 향한 윤리적 당위가 아니라 순정한 겸허, 자기 정직성에서 비롯되기 때문일 것이다. 고통을 말하는 자리를 거듭 되돌아보면서 작가는 언어를 고통 그 자체처럼 다루고 바라본다. 한강 소설의 고통의 시학은 그렇게 구축된다.

『검은 사슴』에서도 고통은 고통에 대해 말하기라는 자기질문과 함께, 그러니까 이렇게 말해도 좋다면, 언어와 함께 저만치에 놓여 있다. 소설의 처음, 인영은 꿈에서 바닷가 방파제길을 걷고 있다.

떠오르지도, 가라앉지도 않으며 소리없이 멀어져가는 허공의 푸른빛을 향하여 나는 계속해서 나아갔다. 저 푸른빛은 어디로 가는 것일까. 어둠의 속으로, 태어났던 곳으로, 태어나기 전의 어떤 곳으로 가는 것일까.10면

“허공의 푸른빛”은 언어로 붙잡을 수 없는 이미지다. 인영은 의선의 고향으로 짐작되는 강원도 탄광촌 마을을 찾아가겠지만, 저 푸른빛을 따라 “어둠의 속”을 향해 가게도 될 것이다. 지하 막장 바위틈에 산다는 ‘검은 사슴’이나 오지 화전 마을의 눈 속에 파묻힌 의선의 빈집을 떠올려볼 수도 있다. 실체이되 실체를 넘어서 존재하는, 혹은 실체를 뭉개며 존재하는 그 무엇. 인영이 반복해서 찍은 흑백의 바다 사진 같은 것. 한강의 소설이 시의 언어를 찾아야 했던 것은 불가피한 일이었을 수도 있다. 시의 언어는 사실의 언어를 최상으로 벼리기 위해서도 필요했겠지만, 저 뭉개지고 사라지고 잔존하는 이미지에 다가가기 위해서도 필요했으리라.

의선을 찾아 떠나는 인영과 명윤, 그리고 그 여로의 동반자이자 안내자이기도 한 장종욱. 세 사람은 각자의 방식과 태도로 소설의 질문을 수행한다. 그런데 기자(인영은 사진작가이기도 하다), 작가(명윤), 사진작가(장종욱)라는 이들의 자리를 한데 모으면 ‘예술가 소설’이라는 한강 소설의 한 특질에 닿는다. 한강의 작품에서는 예술 창작을 하는 인물이 화자가 되거나 서사의 중심에 있는 경우가 많다. 두번째 장편 『그대의 차가운 손』 문학과지성사 2002에는 『검은 사슴』과 마찬가지로 실종 모티브가 등장하는데, 사라진 조각가 ‘장운형’이 남긴 기록물(소설의 형식을 취한 고백록)을 1인칭의 소설가 화자가 읽어나가는 방식으로 이야기가 전개된다. 액자서사의 안팎이 모두 예술 하는 인물이다. 실종된 장운형은 살아 있는 신체에 석고를 부어 떠내는 '라이프캐스팅' 작업을 해온 인물로, 껍데기와 흔적을 전경화하는 그의 조각은 진실 혹은 아름다움의 존재 방식에 대한 그 자신의 오랜 회의와 연결되어 있음이 드러난다. 그는 껍질이 역설적으로 보여주는 내부의 텅 빈 심연과 대결하려 한다. 동시에 자신의 기록과 실제 삶 사이에 가로놓인 '단호한 침묵'에 대해서도 이야기한다. 이는 한강 소설이 스스로의 글쓰기를 자명한 자리에 두지 않고 계속해서 다각도로 질문에 부쳐왔다는 뜻이기도 할 터이다. 『검은 사슴』에서 인영, 명윤, 장종욱의 자리는 의선의 실종과 고통에 반응하는 소설의 서사적 충실성을 이루는 한편, 메타적 층위에서 한강 소설의 자기 질문을 포함하고 있다. 독자들은 세 인물의 이야기에서 고통 혹은 진실에 접근해가는 서로 다른 경로와 태도를 읽게도 된다. 그리고 이 점은 다중시점이되, 1인칭과 3인칭 관찰자 시점을 오가는(11장 「천국의 대합실」에서는 전지적 시점이 전면화된다) 이 소설의 독특한 서술 장치에 대한 생각으로 독자를 이끈다.

2. 타자적 거리와 1인칭의 자리

장편소설에서 다중시점은 대개 3인칭 관찰

자 시점을 여러 인물에 나누어 초점화하는 방식으로 적용된다. 이러한 서술 장치는 전지적 시점의 허구성이나 인위성을 완화하면서 사태의 복합적인 면모를 좀더 신뢰성 있게 제시하려는 의도에서 마련되었다고 볼 수 있다. 물론 다중시점의 경우에도 초점화하는 인물들의 서사 내적 비중이나 무게중심에는 차이가 있을 수 있지만, 전체적으로 3인칭 시점의 동일성 아래에서는 형식적 일관성이 유지된다. 그러나 다중시점 안에 1인칭이 도입되면 그 1인칭의 지위가 서술의 전체 목소리에서 특권화되는 것을 피하기 어렵다.

『검은 사슴』은 인영의 1인칭 서술을 중심에 놓고 명윤과 장종욱, 그리고 실종된 의선을 3인칭의 다중시점 자리에 배치한다. 1인칭의 '나(인영)'를 통해 서술되는 장이 6개이며, 명윤의 장이 5개, 장종욱의 장이 3개, 의선의 장이 1개, 그리고 초점화자 없이 전지적으로 서술되는 장이 1개이다. 그러나 이러한 산술적 배분과는 별도로 소설의 처음과 끝에 위치하며 가장 중심적인 목소리를 담지하는 것은 1인칭 서술자이자 주인공인 '나(인영)'이다. 그런 만큼 '나'의 장에서 다른 인물의 장으로 옮겨갈 때 목소리의 균열은 얼마간 불가피하다. 명윤이나 장종욱의 장에서 인물의 내면으로 들어갈 때와 '나'의 장에서 내면으로 들어갈 때 독자가 느끼는 감정이입의 강도는 다를 수밖에 없다. '나'의 구심력이 훨씬 크다. 그것이 '나'라는 목소리의 힘이라면, 이 강도의 차이가 소설의 형식적 균제를 손상시킨다고 볼 수도 있다. 그렇다면 작가는 왜 형식적 어색함을 무릅쓰면서까지 이런 서술 형식, 서술 장치를 택했을까.

'나'라는 1인칭 서술자는 독자와의 거리를 좁히기도 하지만, 서술자 뒤에 있는 작가와의 자리를 좁히기도 한다. 『검은 사슴』이 탄광촌을 배경으로 한 여성 인물의 고통에 대한 서술 못지않게 그 고통과의 거리를 질문하는 일에 힘을 쏟고 있다면, 소설에서 의선만큼이나 중요하게 부각되는 것은 인영의 자리이다. 그리고 우리는 이것이 한강 소설이 초기부터 지녀온 핵심적 문제의식임을 안다. 3인칭이 아니라 1인칭의 인영이 필요했다면 그래서일 수 있다. 소설은 '나(인영)'의 새벽꿈에서 시작되는데, 꿈에서 의선은 '나'의 살을 바른다.

물컹한 살갗을 비집고 흰 척추와 갈비뼈를 추려내는 손놀림은 사뭇 자연스러웠다. 눈도 귀도 코도 녹아버린 나에게 손의 주인의 얼굴이 또렷이 보인다는 것이 이상했다.

의선이었다.12면

인영의 몸을 분해하고 살을 발라가는 의선의 손길. 인영은 나오지 않는 목소리로 외친다. "내 몸이야, 그만둬."13면 이 꿈의 삽화는 다분히 상징적이다.

같은 건물의 아래위층에서 일하는 사이로 만난 두 사람. 인영은 소포 꾸러미를 든 채 길에서 울음을 터뜨리는 의선을 우연히 목도한 적이 있고, 그 느닷없는 울음과 함께 소포에 묶인 듯한 무력한 여자의 손에 강한 인상을 받은 바 있다. 직장 건물의 공용 세면장에서 처음 말문을 튼 날, 두 사람은 같은 방향의 전동차를 타고 퇴근하게 되고 불쑥 "갈 곳이 없어요"라고 말하는 의선에게 인영은 "그럼 나하고 같이 갈래요"88면라고 응답한다. 전후 사정(의선의 반지하방은 이틀 전 폭우로 잠긴 상태였다)을 묻지도 않고 의선을 자신의 집으로 데려가 하룻밤을 재운 이날의 결정에 대해 인영은 "나는 두고두고 스스로도 이해할 수 없었던 행동을 했다"같은 면고 술회한다.

소설에서 인영은 차갑고 이성적인 인물로 그려진다. 금욕적인 삶 이면에 언니의 죽음에 연원한 개인적 고통이 자리 잡고 있지만, 인영은 자기연민과 싸우며 세상이나 사람들과는 일정한 거리를 둔 채 살아왔다. 의선은 그 거리를 단번에 무너뜨리며 인영의 삶 속으로 들어온다. 그리고 고통의 임계점에서 정신을 반쯤 놓아버린 의선이 발가벗은 채 거리를 질주하는 충격적인 사건이 일어난다. 그날 거리에서 사라졌던 의선이 인영의 집 앞에 나타나자 인영은 의선을 보살피며 살 수 있으리라고 생각한다. 그러나 의선을 거두어 함께 보낸 석달은 인영이 스스로의 한계를 자각한 시간이기도 했다. 기억과 말을 잃어가며 자신을 놓아버린 의선과의 생활은 선의와 연민만으로는 감당하기 힘든 것이었고, 어느 순간부터 인영은 자기도 모르게 의선을 밀어내고 있었다.

결국, 그 초여름 밤 의선을 내 방에서 밀어낸 것은 나였다. (…) 나는 명윤에게 의선이 스스로 떠났다고 말했다. 나 자신도 그렇게 애써 믿어왔다. 그러나 끊임없이 의선이 떠나는 순간을 꿈꾸고 있었던 사람은 누구였던가. 그녀가 갑작스럽게 내 삶에 뛰어들어 왔듯이 갑자기 떠나주기를, 그래서 나를 더 이상 분열시키지 않기를, 불가해한 죄의식과 연민에 사로잡히게 하지 않기를 바랐던 사람은 누구였던가.430~31면

소설의 후반부에 이루어지는 뒤늦은 고백에 이르기까지 인영은 자신을 똑바로 마주 보기를 집요하게 피해왔던 셈이다. "분열"이나 "불가해한 죄의식"과 같은 표현이 가리키는 대로 의선은 인영이 스스로를 가두고 있는 경계를 허물어뜨리는 방식으로 나타났지만, 인영은 그 전면적인 요청에 충실하지 못했다. 인영이 스스로의 고통을 개방하고 세상을 향해 나아가지 않는다면(인영은 스스로를 누구도 사랑할 수 없는 종류의 사람으로 선언하고 '편안한' 외로움 안에 머물러왔다), 의선의 고통에 대한 감응 역시 일시적일 수밖에 없다. 그러나 의선의 존재를 타자성의 가혹한 시련으로까지 확장하는 일은 쉽지 않다. 의선의 해체하는 손에 맞서 "내 몸이야"라고 저항하는 꿈속 인영의 행동은 정당하고 자연스럽다. 우리는 물어볼 수 있다. 존재의 분열과 찢김을 수반하는 자리까지 타자성의 문제를 밀어붙이는

것이 실제 삶에서 가능할까. 『검은 사슴』은 고통의 문제를 가운데 두고 인영과 의선의 존재적 거리를 질문하는 방식으로 쓰인 소설이다(인영의 1인칭은 그 질문을 끝내 놓지 않으려는 작가의 의지처럼 보인다).

의선에 대해 거의 육친적인 애정으로 그 거리를 단숨에 좁혀버린(혹은 그렇게 믿는) 인물이 명윤이라면, 인영은 좀더 냉정하게 거리를 의식하는 인물이다. 실종된 의선을 찾는 과정에서도 인영은 감정에 치우친 명윤과 달리 합리적으로 생각하려고 애쓴다. 그러나 인영의 냉정은 두려움의 역설적 표현이기도 하다.

어째서 지금 나는 월산으로 달려가고 있는 걸까.
나는 의선을 다시 보고 싶지 않았다. 그녀의 상처투성이의 몸을 다시 보고 싶지 않았다. 그런데 왜 가고 있는 것일까.348면

사정이 그러하다면, 인영을 1인칭으로 기술하는 서술 장치는 타자적 거리와 관련된 인영의 내면적 갈등과 혼란을 좀더 정직하게 따라가보려는 작가의 결단일 수 있다. 소설에서 '나-인영'의 시선과 목소리는 침묵하는 의선을 끊임없이 불러내고 환기한다. 인영은 힘들게 찾아간 의선의 고향 빈집에서 그녀의 존재를 느끼고 상상한다. 두 사람의 만남은 이루어지지 않지만, 소설은 인영이 열차 사고 후 돌아온 서울 집에서 의선이 다녀간

흔적을 확인하면서 끝난다. 인영의 1인칭으로 서술되는 장들과 의선이 자기 이야기를 들려주는 유일한 장 사이에 이들을 통합하고 이어주는 시점은 존재하지 않는다. 이는 이야기의 사실적 전개에도 부합하지만, 두 존재의 접속에 내포된 타자적 거리를 정직하게 반영하는 것이기도 하다.

3. 고통의 연결

실종된 의선을 뒤쫓는 소설의 전체적 구도 때문이기도 하겠지만, 『검은 사슴』은 의선을 향한 인영의 다가감, 의선에 대한 인영의 이해에 집중하는 듯 보인다. 그러나 두 사람의 존재적 소통은 처음부터 상호적이다. 의선은 첫 만남에서 자기 집으로 가자는 인영의 제안을 선뜻 받아들였고, 벌거벗은 채 거리를 질주한 후 기억을 반쯤 잃고도 인영의 집을 찾아온다. 명윤을 만나기 전까지 인영은 의선에게 "귀를 기울여주고, 사적인 이야기를 묻고 때로 들려주는 유일한 사람"497면이었다. 그리고 인영이 찍은 바다 사진이 두 사람 사이에서 중요한 역할을 한다.

인영은 언니의 유품으로 남은 사진기를 통해 고통의 출구를 찾았고, 어느 순간부터 바다 사진만을 거듭 찍게 된다(인영의 언니는 제주도 바다에서 해상사고로 세상을 떠났다). 흰

포말과 검은 바다 외에는 아무것도 담기지 않은 흑백사진들. 의선은 그 사진들이 너무 어둡다고 말한다. 어둠에 대한 의선의 거부는 즉각적이고 거의 절대적인 것처럼 보인다. 인영은 의선의 반응이 금방이라도 사진을 찢어버릴 것처럼 단호했다고 기억한다. "……그렇지만, 이렇게 아무것도 없는 곳이라면 가보고 싶지 않아요…… 이렇게 어두운 건 좋지 않아요."102면 그러다 의선이 인영의 사진들을 불태워버리는 일이 발생한다. 인영을 분노하게 한(인영은 분노를 자제했다고 술회하지만 의선의 기억은 다르다) 그 사건 이후 의선은 인영의 집을 나가고 두 사람의 석달간의 동거는 끝난다. 우리는 소설 후반 의선의 장에 이르러서야 사진을 불태운 의선의 마음에 가닿게 된다.

그때, 그 언니의 세면장에서 사진들을 태우며 그녀는 연신 웃음을 터뜨렸었다. 한 장 한 장의 검은 바다가 붉게 사위어가는 것을 보는 게 좋아서 그녀는 시간 가는 줄을 몰랐었다.470면

의선은 인영의 바다 사진에서 자신을 짓누르는 강박적 어둠만 본 것이 아니었다. 의선은 거기서 인영의 고통 또한 느꼈고, 사진을 불태운 행위는 나름의 방식으로 두 사람의 어둠을 함께 몰아내고자 하는 의식儀式일 수도 있었다. 그러나 인영의 닫힌 마음은 고통의 공유 가능성(더 정확히는 의선이 인영의 고통을 나누어 가질 수 있다는 가능성)을 믿지 않았고, 의선의 행위

를 이해할 수 없었던 근본적인 이유도 여기에서 찾을 수 있다.

『검은 사슴』의 긴 서사는 두 사람 사이의 이러한 간극 위에 구축되어 있다. 그날 의선이 다 태우지 않은 마지막 사진 한 장을 품속에 지녔고, 실종 이후 내내 그 사진을 지니고 다녔다는 사실을 인영은 알지 못한다(소설의 끝, 돌아온 사진 한장을 통해 인영이 의선의 살아 있음을 확인하는 순간까지 그 무지는 지속된다). 의선은 가물거리는 의식 속에서 화전 마을 고향 빈 집을 찾고, "귀퉁이가 사분의 일쯤 타버린 사진 속의 부드러운 바다"471면를 향해 간다. 실종 이후 의선의 행로를 무의식적인 자기치유의 길로 본다면, 이 도정에 인영의 바다 사진이 얼마나 중요하게 자리하고 있는지 알 수 있다. 소설의 중심을 이루는 추적 서사가 인영에게 계속되는 시련으로 주어지는 내적 근거가 여기에 있으며, 『검은 사슴』은 인영의 고된 행로가 의선에 대한 못다 한 응답이어야 한다고 믿는 듯하다. 인영에게 고통과 어둠이 고독이라는 정신의 피난처로 연결되기도 했다면"깊은 물 속에 가라앉아 먼 수면 저편의 세상을 보듯이 나는 살았다. 나는 아무것도 갈망하지 않았다. 혼자임을 깨뜨릴 수 있는 어떤 가까운 관계도 원치 않았다." 425면, 의선은 그런 고독의 오만을 깨뜨리는 방식으로 인영의 삶에 나타났다고 볼 수도 있다(인영은 의선에게 벽을 허문 듯했지만, 어떤 경계 이상으로는 나아갈 수 없었다).

소설은 의선을 찾고자 하는 마음과 내면의 혼란으로부터 물러서고자 하는 마음 사이에서 갈등하는 인영의 주관적 목소리에 충실하면서도 의선의 고통을 둘러싼 탄광촌의 현실 역시 밀도 있게 보고한다. 사실 1인칭의 '나(인영)' 뒤에 소설 전체를 통어하는 작가의 시선과 목소리가 가깝게 다가서 있음을 감지하기는 어렵지 않다. 인영은 의선의 일 말고도 기자로서 황곡이라는 탄광촌을 찾은 것인데, 작가가 인영의 캐릭터와 결합시킨 직업적 냉정함이 힘을 발한다. 이 과정에서 갱도 막장의 지옥 같은 시간을 겪으며 광부들의 사진을 찍어온 장종욱의 이야기는 탄광촌의 어둠과 의선의 전사前史를 향한 길을 연다.

장종욱의 장은 사진이라는 예술 행위를 통해 인간 고통을 표현하는 또다른 이야기를 품고 있다. 인영은 장종욱의 사진집에서 피사체에 대한 강한 애정을 읽는다. "그는 그들의 고통스러운 생을 완전히 까발기지 않기 위해, 위엄을 지켜주기 위해 안간힘을 쓰고 있었다."105면 그러나 동시에 피사체에 대한 존경심에 가까운 감정이 사진으로서는 정직하지 않은 결과를 나을 수도 있지 않을까 생각한다(이 대목을 고통받는 존재를 형상화하는 일과 관련된 한강 소설의 자기언급으로 읽을 수도 있겠다). 갱 내부를 찍은 사진에서는 선로 저편의 어둠 속에서 자신을 향해 다가오는 이상한 존재를 환각처럼 느끼며 소스라치기도 한다. 어떻든 죽음 직전의 막장 사고까지 당하며 지하 갱도의 어둠과 함께해온 장종욱의 삶/사진은 고통의 표현이 한 인간의 존재를 온전히 바쳐야 하는 일임을 알려준다. 탄광 사택의 화재로 10년간 찍어온 필름을 모두 잃은(그를 탄광촌으로 오게 했던 아내도 곁을 떠났다) 그는 사진 작업을 포기한 채 황폐한 삶을 살고 있다. 그러나 광부의 사진을 찍어 보내주기로 한 인영과의 약속만은 지킨다. 그는 1년 가까이 방치해두었던 사진기를 들고 광업소로 가서 근무를 마치고 나온 광부들의 사진을 찍어 인영의 잡지사로 보낸다. 의선이 집에 들러 되돌려주고 간 바다 사진 한장 외에도 장종욱이 보낸 사진이 인영에게 도착한다. 그러니까 소설의 끝에 이르면 명윤이 지니고 있던 의선의 사진까지, 모두 세가지 사진이 인영에게 돌아온다. 긴 이야기들을 담은 채. 희미하나마 이것을 고통들 사이의 연결로 볼 수 있을까.

『검은 사슴』은 지독한 어둠과 고통의 서사다. 탄광촌 화전 마을에서 광부의 딸로 자라난 의선의 아픔을 찾아가는 길이 서사의 중심에 있지만, 인영과 명윤, 장종욱 역시 각기 고통의 서사를 품고 있다. 지하 갱도 깊은 땅속에 산다는 '검은 사슴'의 이야기나 의선의 고향 연골의 종이연 이야기는 응축된 고통의 시로, 소설 전체에 반향한다. 사양길에 접어든 탄광 도시 황곡의 버려진 폐사택에는 미처 이야기되지 못한 고통의 서사들이 잠복해 있으며, 소설 결말의 참혹한 열차 사고는 견딜 수 없는 것들의 폭발처럼 느껴지기도 한다. 어두운 거리를 배회하는 버려진 짐승의 눈은 소설 곳곳에 환각처럼 출몰한다. 그러나 중단될 듯 이어지는 추적 서사가 보여주는 것처럼 의선을 향한 소설의 전체 행로에는 끈덕진 기다림이 있다. 소설은 어둠과 고통에 굴복하지 않고 끊임없이 빛을 향해 나아간다. 하늘을 보기 위해 자신의 모든 것을 내놓는 '검은 사슴' 우화, 어둠 안에서 어둠을 불태우는 의선의 상상력은 멀지만 간절한 소설의 지향점이 된다.

그렇다면 고통의 실체에 충실한 채 고통의 출구를 찾고, 고통의 외부를 상상하는 소설의 길은 어떻게 가능할까. 실종되기까지 의선을 짓누른 고통스러운 가족사에 대해 생각해보자. 의선의 부친인 광부 '임영석'은 젊은 시절 겪은 막장 사고에서 동료를 잃는다. 죽은 동료의 아내는 만삭의 몸으로 쓰러지고 종내 미쳐버린다. 임영석은 조산한 아이와 여자를 거두어 고향인 화전 마을 어둔리로 간다. 거기서 여자는 임영석의 아이를 낳는데, 그 딸아이가 의선이다. 조산한 아들의 지능은 정상이 아니었고, 여자의 정신도 온전히 회복되지 않는다. 의선이 여덟살때 여자는 집을 나가고, 이후 임영석은 그녀를 찾아 광산촌을 떠돈다. 의선 남매가 화전 마을 외딴집에서 아버지를, 그리고 어머니를 기다리는 시간은 하염없이 길어진다. 기다림에 지친 의선은 열세살 때 오빠를 남겨둔 채 집을 나오고, 이후 서울에서 온갖 바닥 일을 전전하다 제약회사 계약직 사환으로 일하던 중 같은 건물의 인영을 만나게 된다. 버려진 존재로서 의선이 찾고 있던 것은 해체된 가족이었을 것이며, 서울의 도로에서 환각처럼 마주친 "쪽찐 머리에 흰옷을 입은 그 젊은 여자"504면는 사라진 어머니의 잔상이었을 것이다. 그 순간 그녀는 의식의 통제를 놓아버리고 알몸으로 거리를 질주한다. 그녀의 질주는 오빠를 빈집에 혼자 버려두고 떠나온 죄의식으로부터의 탈주이기도 했으리라. 이후 대학 선배인 인영을 통해 그녀를 알게 된 명윤의 보살핌이 있었지만, 고향 빈집으로의 무의식적 회귀는 불가피했던 것으로 보인다.

광부 임영석을 믿고 따랐던 장종욱의 장과 의선의 장에 흩뿌려져 있는 그녀의 내력과 가족사는 사실 정리와 압축을 거부한다. 의선이 인영에게 들려줄 심산으로 자신의 내력을 머릿속으로 여러차례 정리해보다 실패하는 삽화는 그것이 쉽게 언어화되거나 서사화될 수 없음을 말해준다. 동시에 여기에는 고통에 대한 이념적 이해, 사회적 해석의 틀을 무력하게 만드는 지점이 없지 않다. 고통의 연원에 탄광촌의 어둡고 불합리한 현실이 있는 것은 분명하지만, 탄광 사고 이후 살아남은 광부 임영석의 선의와 사랑에서 출발한 한 가족이 짓이겨지고 해체되는 과정은 너무나 참혹하다. 장종욱은 탄광에서 만났던 광부 임영석의 "과묵함" "성스럽게까지 느껴지는 기묘한 침묵"을 언급하는데, 이후 그것이 "이미 죽은 뒤의 생을 살아가는 사람의 것"245~46면이었다는 뒤늦은 깨달음에 이른다.

임영석은 아내를 찾아 아이들을 두고 집을 떠날 때면 두꺼운 전선으로 서까래와 지붕의 용머리를 둘러 통나무 말뚝에 묶어놓곤 했다. 이 필사적인 행동은 광부 임영석이 그를 덮친 가혹한 운명에 대해 벌이고 있는 투쟁의 가망 없는 비극성을 웅변하는 듯 보인다. 그러나 훗날 인영이 빈집에 당도했을 때 아

**어둠 속의 빛,
고통의 시학**

무도 살지 않는 그 집이 허물어지지 않고 버틸 수 있었던 것은 그 덕분으로, 임영석의 행동은 가족의 복원을 향한 긴 기다림과 집념의 소산이다. 그것은 얼마간 임영석이 딸 의선에게 들려준 '검은 사슴' 이야기의 자기반영이기도 한 것 같다. 그 이야기에서 아주 드물게 땅 위로 올라와 하늘을 보게 되는 '검은 사슴'이 웅덩이의 물로 화하고, 그 웅덩이가 썩은 자리에서 약초가 피어나기까지 수십, 수백년의 시간이 걸린다. 의선의 가족을 둘러싼 이야기는 수백 미터 지하 갱도의 어둠과 수백년의 시간이 교차하는 인간 고통의 비극적 원형처럼 포착된다. 이들 가족의 고통은 개별적이면서 그 어둠의 시간을 가로지르는 다른 숱한 고통들을 불러내는 방식으로 표현된다. 작가는 특정한 역사적 이념에 기대지 않으면서 이들의 고통을 망각되어서는 안 될 인간 존엄의 이야기로 감싸안는다. 고통의 견딤은 침묵과 이어지고, 고통의 출구는 긴 시간 위에서 상상된다.

　　물론 이것은 고통이나 어둠의 위계와는 무관하다. 인영이나 명윤, 장종욱도 각자의 어둠과 싸우고 있다. 소설은 성급하게 답을 구하는 대신 어둠과 어둠이 서로를 알아보고 감응하는 순간을 찾는다. 막장의 광부들이 지하 갱도의 암흑 속에서 만난다는 '검은 사슴'의 이야기를 인영은 알지 못한다. 그러나 의선이 나신으로 길 위를 질주하던 날, 인영은 그녀가 사라진 자리에서 "의선의 쇠약한 나신이 햇볕에 뻘뻘 흘러내리는 것을, 복숭아색의 끈끈한 액체가 보도블록에 고이는 것을 본 것 같은 착각에" 사로잡힌다. "아열대식물의 수액 같은 연홍색 액체가 웅덩이를 이루고 있을 것만 같던 보도블록"325면이라는 표현도 나온다. 의선의 행적을 찾아 그녀의 고향으로 가는 밤 버스에서 뒤늦게 인영에게 떠오른 이 기억은 의선이 아버지에게 들은 '검은 사슴' 이야기와 닮아 있다"이상하게도 햇빛을 받자마자 이 짐승은 순식간에 끈적끈적한 진홍색 웅덩이로 변해버린다. 눈부터 빨갛게 녹아버리는 거다." 478면. 의선의 고향 빈집에서 아픈 명윤과 함께 밤을 지새우던 중, 인영은 빈집으로 다가오는 이상한 발소리에 놀란다. 컹컹 소리와 함께 칠흑의 어둠 속에서 인영이 마주한 것은 '검은 짐승'이었다.

인영이 의선의 고통을 거의 본능적으로 지각했던 순간을 의선을 찾아가는 여정에서 사후적으로 확인하고('연홍색'과 '진홍색'의 차이는 작가가 이 겹침의 의미를 얼마나 섬세하게 따라가고 있는지 보여준다), 마침내 도착한 의선의 고향 빈집에서 '검은 짐승'과 맞닥뜨리는 상징적인 장면은 소설의 전체 서사가 수행하고 있는 일을 함축한다. 고통의 지각은 존재적 출혈을 감내하는 인간적 실행을 통해 끊임없이 보충되고 보완되어야 한다. 의선의 빈집에 이르기까지 탄광 도시 황곡을 헤매는 인영과 명윤의 서사가 일종의 시련처럼 주어지는 이유이다. 퍼붓는 눈보라 속에서 세상의 오지 어둔리 화전 마을 골짜기로 한발 한발 다가가는 인영과 명윤의 사투에 가까운 행로는 그들의 삶에 속해 있지 않은 수백 미터 지하 갱도로의 하강을 환기한다. 인영은 그곳 골짜기를 왠지 '땅속' 같다고 느끼며, "어두운 터널을 까마득히 비틀거리며 매달려 내려온 것 같았다"428면고 술회한다. 하루 서너시간만 빛이 드는 어둔리 골짜기의 어둠은 땅 위의 것이면서 땅속의 것이다. 하늘을 보고 싶은 '검은 사슴'의 꿈은 어둔리 골짜기의 하늘을 떠돌다 떨어지는 종이연들의 꿈과 이어져 있다. 고통의 뿌리에서 지하 갱도의 땅속 어둠과 골짜기의 기나긴 어둠은 하나다. 의선이 인영의 어두운 바다에 즉각적으로 반응한 것도 이러한 감각과 상상력에서 말미암았다고 볼 수 있다. 의선이 고향 빈집을 들른 뒤 동해 바다로 향하는 것은 인영의 다가옴에 대한 무의식적 응답인지도 모른다. 이렇게 수직과 수평의 지리학이 교차하는 고통의 존재 방식은 서사의 내적 구조와 이어지면서 고통의 연결, 고통의 출구를 모색한다.

눈에 파묻힌 의선의 빈집에서 인영이 스스로를 세상과 격절시킨 어둠의 연원, 언니의 죽음과 어머니의 긴긴 고통을 되짚는 것은 자연스럽다. 동시에 아궁이의 불빛에 의지해 장종욱과 관련된 취재 기사의 초고를 쓰는 장면 역시 진실되다. 의선을 알게 된 후 인영에게 일어난 존재적 충격이 아무리 크다 해도 인영은 생활인이고 일상을 살아가는 사람이다. 인영은 장종욱의 절망에 대해 생각하지만, 그런 것들은 쓰지 않고 "과장과 거짓과 미미한 진실을 한데 버무려 그럴듯한 기성품을 만들어냈다." 그런 만큼 당연히 그녀가 쓴 원고에는 "입구의 앞부분만을 들어가보았을 뿐인 막장의 어둠에 대한 이야기는 없었다."427면 "그 까마득한 땅속의 깊이를 생각하며 나는 몸을 떨었었다. 그런 전율 따위는 내가 쓴 원고에는 없었다."428면 이것이 비난받을 일일까. 그렇지는 않을 것이다. 인영의 삶이 있고, 인영이 고통을 대하는 방식이 있을 뿐이다. 지금 인영은 자신의 한계 안에 있으며, 인영의 현실감각은 그녀의 내면에서 일어나고 있는 갈등과 변화를 좀더 충실하게 비춘다. 인영은 자기연민에 빠져 허우적대는 후배 명윤을 '감상적'이라고 생각하지만 다그치거나 강압하지 않고 묵묵히 관계를 유지한다. 이것은 소설이 1인칭 화자 인영에게 부여한 냉정한 캐릭터의 일면이기도 하겠지만, 전체적으로 중심 화자로서 인영의 '성숙한' 태도와 시선은 소설의 균형감에 기여한다. 우리는 명윤의 장을 통해 그의 가난하고 굴곡진 가족사를 알게 되고, 가출한 막내 누이동생에 대한 사랑과 연민이 의선을 향한 거의 육친적 애정으로 이어진 과정을 이해하게 된다. '이성적이고 냉정한' 인영의 장과 '감성적이고 열정적인' 명윤의 장은 서로를 보충하면서 의선을 향해 다가가는 서사의 균형을 찾는다.

4. 살아남은 자의 물음

『검은 사슴』의 에필로그는 통상의 '후일담

적 종결'과는 다른 양상으로 전개된다. 인영과 명윤이 의선의 고향인 연골에서 보낸 하룻밤은 두 사람에게 새로운 존재적 질문이 시작되는 과정으로 이해될 수 있다. 그들은 의선과 재회하지 못하지만, 가령 '검은 짐승'의 발소리나 연골의 하늘에 휘날리는 종이연을 통해 의선과 간접적으로 만난다. 인영과 명윤 둘 다 의선의 존재를 느끼고, 의선의 목소리를 들었다고 믿는다. 인영은 빈집으로 다가오는 발소리를 들으며 생각한다. "저 칠흑같은 어둠 속을, 저런 담담한 발걸음으로 걸을 수 있는 사람은 누구일까./의선뿐이다."436면 명윤은 연골의 눈길에서 "그 지연들 위로 펼쳐진 검은 먹구름장을, 그 먹빛 하늘을 가르며 빛살처럼 날아드는 의선의 목소리를"463면 듣는다. 『소년이 온다』창비 2014와 『작별하지 않는다』문학동네 2021 등에서는 실재와 환영 사이의 경계가 훨씬 더 적극적으로 지워지고 개방되지만, 『검은 사슴』의 이 같은 장면 역시 실감과 공명을 낳기에 부족하지 않다. 한강 소설의 섬세한 언어는 이러한 순간에 충실하며 종종 최상의 시적 표현에 이른다. 그렇게 두 사람은 의선을 만나고, 그들 자신과도 만난다. 두 사람이 연골을 떠나는 마지막 순간, 연골의 침묵은 밝고 따뜻한 것으로 묘사된다. "인영의 외침이 까마득히 먼 곳에서처럼 들려오다가 침묵 속에서 삼켜져버렸다. 침묵은 밝았다. 사람의 살처럼 따뜻했다."같은 면 연골로 가는 길이 혹독한 시련의 연속이었던 만큼 이 정도의 온기는 온당한 보상처럼 느껴지기도 한다. 어떻든 이제 두 사람은 서울로 돌아갈 것이고, 탄광 도시 황곡을 헤매고 의선의 고향 연골을 찾았 던 특별한 기억 속에서 살아갈 것이다.

그러나 에필로그에서 두 사람은 순조롭게 서울로 돌아가 지 못한다. 열차 사고가 일어난다. 일흔아홉 명이 죽고 백스물두 명이 다친 대참사다. 인영은 다리가 골절되는 중상을 입고 명윤 은 타박상을 입는다. 폐광된 갱도가 제대로 메꿔지지 않은 상태 에서 암반은 무너지기 직전이었고, 철로는 그 허약한 암반 위에 건설되어 있었다. 인영은 폐광된 광업소 사무실의 스크랩북에 서 그동안 막연하게 알고 있던 탄광 사고의 실상을 접하고 놀란 다. "믿을 수 없을 만큼 많은 사람이 죽었어. 어떤 달은 여기저 기에서 이런저런 사고들로 사망자만 삼십 명이 넘어.""우리나 라 광산사고가 선진국의 몇 배였을 것 같니. 사십일 배야.""팔 십일년 한 해에, 산업재해로 죽은 사람이 모두 천사백사십삼 명 이었어."353면 열차 사고는 이러한 사고들, 죽음들과 이어져 있 다. 의선의 비극적인 가족사 역시 그 연원은 막장 사고라는 사 회적 재난이었다.

에필로그의 열차 사고는 현실의 재현이면서 현실의 직 접적인 침투처럼 일어난다. 소설의 서사는 일차적으로 종결되 었지만, 마치 그래서는 안 된다는 듯 종결을 저지하면서 현실의 급박함이 서사의 외부에서 밀려드는 느낌이다. 인영을 1인칭의 '나'로 설정한 것이 소설의 중요한 결단이라면, 이 또한 그런 것 같다. 한강 작품의 엄격성과 자기 정직성은 소설의 완고한 형식과도 싸운다(『소년이 온다』의 에필로그에서 돌연 작가가 등신대로 등장하는 장면을 떠올려보게 된다). 『검은 사슴』은 의선과 명윤의 길을 내면의 드라마로 봉인해서는 안 된다고 생각한다. 황곡에서의 시간, 그리고 열차 사고를 겪으면서 두 사람은 '살아남은 자'의 자리로 간다. 명윤은 사고 이후 오랫동안 행방을 몰랐던 누이동생과 연락이 닿는다. 인영은 장종욱이 찍은 광부 사진을 전달받고, 병원으로 찾아온 장종욱과 재회한다. 그리고 서울의 빈집에는 귀퉁이가 타다 만 바다 사진 한장이 돌아와 있다. 인영이 6년 전 어머니의 뼛가루를 뿌리러 갔던 제주도 북쪽 바다의 사진. 언니 민영 역시 그 바다에 잠겨 있다. 인영은 사진에서 "깊은 물속의 무서운 적요 같기도 하고 지하 이천 미터의 막장 같기도 한 검은 어둠의 덩어리"를 헤치고 "상처 입은 초식동물처럼 고개를 수그린 의선이 허전허전 검푸른 허공을 향하여 나아가고 있"는 모습을 본다. "마치 불길에 휩싸인 듯 그녀의 뒷모습은 찬란했다. 화염 같은 머리털이 활활 휘날렸다. 곤충의 날개처럼 투명한 살갗이 수천수만의 빛살을 내 눈에 쏘아박았다."563면 동해 바다에서 겹겹이 똬리 튼 어둠을 향해 단호하게 나아가던 의선은 이렇게 인영과 연결되고 인영에게 돌아온다.

어둠과 빛의 역전은 소설 서두 인영의 새벽꿈을 다시 불러내며 인영에게 찾아온 변화를 압축한다. "연하게 풀린 먹처럼 부드러운 어둠이었다. 내 살과 뼈를 매만지며 추려내는 의선의 투명한 손마디를 나는 마치 생시인 것처럼 느꼈다."564면 어

둠은 어둠인 채 연하게 풀리고 부드러워지고 있다. 빛은 어둠
저편에 있는 것이 아니라 어둠 속에 있다. 고통의 감응과 관련
된 간절한 이야기도 그러할 것이다. 불가피한 단절과 거리를 포
함하면서 고통은 연결을 꿈꾼다. 인영의 1인칭은 그 과정의 존
재적 균열을 정직하게 드러내면서 살아남은 자의 물음을 지속
하려 한다. 한강의 첫 장편소설 『검은 사슴』은 마치 세상을 향한
약속처럼 그 물음들을 소설 속에 새겨 넣고 있다. 『소년이 온다』
『작별하지 않는다』의 세계는 그 물음들이 현재 진행형이며, 어
떻게 깊어지고 확장될 수 있는지 웅변한다.

장막을 걷을 것

정치적 돌봄으로 다시 쓰는 역사,
한강의 『작별하지 않는다』

● 이 글은 졸고 「돌봄의 정치성과 공동체의 기억 서사 연구: 한강의 『작별하지 않는다』를 중심으로」(『한국문예창작』 64호, 2025)를 수정·보완한 것입니다.

양경언

梁景彦　문학평론가, 조선대 문예창작학과 교수. 평론집 『안녕을 묻는 방식』 등이 있음.

1. 시적 창조와 역사적 창조

한강의 작품은 보이지 않는 것을 어떻게 마주해야 하는지 줄곧 생각하게 한다. 가령 겉으로는 좀처럼 드러나지 않는 폭력에 대한 기억이 인물을 미지의 다음으로 이끈다거나, 사회적으로 은폐가 용인되었던 훼손된 시간이 살아 있는 오늘의 현실로 떠오르도록 고투하는 방식으로 형상화된다. 당장은 보이지 않더라도 절대 지워지지 않는 그것을 드러내려는 소설적 시도는 재현에 대한 근본적인 질문을 불러일으킨다. 한강의 급진성은 미적 표현 방식의 새로운 모색에 있지 않다. 오히려 그러한 탐구가 언제나 우리는 그간 무엇을 보지 않으려 했는지 질문하는 작업과 연동되어 있음을 강조하면서, 독자를 재현의 대상과 정면으로 마주하게 만든다는 데에 있다.

이와 같은 문제의식은 한반도 역사를 배경으로 삼을 때 한층 더 중요해진다. 우리 사회에서는 분단체제가 많은 사건의 진상규명을 가로막아왔고, 하물며 역사적 사실관계가 분명한 사안조차도 그것이 보이지 않도록 만드는 통치전략에 의해 끊임없이 왜곡되어왔기 때문이다. '제주 4·3' 역시 분단체제로 인한 은폐와 왜곡에서 예외가 아니다. 한국사의 주요한 국가폭력 사례인 제주 4·3은 오랫동안 사건에 대한 언급조차 철저히 금기시되었고, 2003년 국가가 공식 보고서를 발표한 이후에도 희생자와 생존자 들의 경험은 여전히 '공적 기억' 속에 충분히 자리 잡지 못한 '미완의 진실'로 남아 있다.[1] 이러한 현실 속에서 최근 특별법에 따른 재심 절차를 통한 희생자의 법적 명예회복, 2025년 4월 유네스코 세계기록유산 등재와 같은 움직임은 그간 보이지 않는 것으로 간주되어온 생존자들의 기나긴 침묵이 사건의 진실을 지키기 위해 어떤 견딤을 수반했는지 돌아보게 한다. 제주 4·3을 상대하는 소설 작업이 사실성과 실험성의 문제에서 새로운 수준을 요구하는 이유가 여기에 있다.

『작별하지 않는다』문학동네 2021, 이하 이 책의 인용은 본문에 면수만 표기는 제주 4·3을 겪은 당사자가 사건 이후의 시간을 어떻게

---

[1] 공식 보고서에서 추정하는 제주 4·3의 전체 인명피해 규모는 2만 5,000명에서 3만명 정도로 상당하다. 최근 법원은 특별법에 의한 재심 절차를 통해 군사재판 피해자 2,530명 중 약 1,700명 이상에 대해 무죄 판결을 내렸다. 그러나 269명은 신원 미확정이나 유족·보증인 부재 등의 이유로 구제에서 제외되었다(「제주4·3 수형인 269명 '명예회복 가시밭길'」, 『제주일보』 2025.4.14. 참조). 4·3 평화공원에는 4·3 당시 체포되어 각지의 형무소에 수감된 후 돌아오지 못한 행방불명인을 위한 '행방불명인 표석'이 세워져 있다(제주4·3평화재단 홈페이지 참조).

살았는지 조명함으로써 살아남은 자의 고통과 기억의 지속성을 섬세하게 포착하는 작품이다. 작품의 서술자는 제주 태생의 다큐멘터리 감독 '인선'을 친구로 둔 소설가 '경하'인데, 서사가 전개될수록 인선의 엄마 '정심'이 4·3으로 작별한 사람들과 끝내 작별하지 않으려는 몸짓을 평생 일구어왔다는 사연이 드러난다. 절멸에 가까운 시간을 통과한 이들은 소설이 전개되는 내내 직접적으로 발화하지 않음으로써 오히려 소설의 중심으로 자리한다. 이를 통해 소설은 무엇이 보이지 않는지를 탐구하는 '역사적 인간'의 과제가 시적 창조를 거쳐 현실의 정확한 인식에 도달하는 데에 있음을 환기한다.[2] 『작별하지 않는다』의 전작 『흰』난다 2016, 개정판 문학동네 2018에서 작가가 "도시의 혼들"을 떠올리며 "거짓말을 그만둘 것./(눈을 뜨고) 장막을 걷을 것./기억할 모든 죽음과 넋들에게 ― 자신의 것을 포함해 ― 초를 밝힐 것"『흰』 108~109면이라고 새긴 다짐에는, 사실성의 기율을 제대로 세우기 위해 소설이 감당해야 할 실험성이란 역사의식과 세계인식으로부터 길어 올려져야 한다는 작가의 굳은 심지가 담긴 셈이다. 장막을 걷어내어 보이지 않았던 그것과 제대로 마주

2　진정한 시(詩)의 새로움이란 "'본질적인 역사', 즉 '진리의 드러남'이라는 사건으로써 창시되는" '역사의 새로움'으로 이어진다. 인간이 "본질적으로" "인간이라는 사실 하나만으로" "'시'의 세계로 열려 있으며 그것이 또한 '역사'를 만드는 힘과도 같은 것"이라는 생각에 대해서는 백낙청 「역사적 인간과 시적 인간」 『민족문학과 세계문학 1/인간해방의 논리를 찾아서』 창비 2011, 216면 참조.

하기. 지금 우리에겐 소설이 하고자 했던 바로 이와 같은 시도
의 의의를 살피는 독해가 필요하다.[3]

　『작별하지 않는다』는 4·3을 겪은 이들의 오랜 침묵부터
폭력을 겪은 당사자의 말하기 방식이란 무엇인지 질문을 던지
는 일까지 이 모두가 공동체의 기억으로 새겨져야 할 진실의 형
태임을 전한다. 정심은 온몸으로 죽은 자를 '돌보는' 시간을 충
실하게 살아내는 과정에서 '속솜한'(제주어로 '조용하다'는 의
미) 방식으로 말을 이어감으로써 기억을 형성하고, 경하와 인
선은 좀처럼 보이지 않는 정심의 이야기에 함께 몸을 기울이는
'돌봄'을 통해 주어진 역사적 과제를 공동의 것으로 구축해나
간다. 정심과 경하, 인선의 행위를 돌봄의 맥락에서 읽을 때, 이
들은 파괴와 폐허와 억압으로 얼룩진 학살의 역사를 사랑의 역
사로 다시 쓰는 정치적 실천가들, 역사적 창조를 이끄는 시적
창조자들로 새롭게 의미화된다. 또한 이들의 이야기는 취약성

3　문학평론가 손정수는 『작별하지 않는다』를 "4·3이라는 역사적 사건을 서사
　화"하기 위한 "글쓰기와 관련된 과제"에 관심을 두는 소설로 읽으면서 이를
　통해 소설이라는 장르가 "역사적 사건의 전모를 담"을 책임에서 벗어났다
　고 평가한다(손정수 「바다를 보여드리고 싶은 마음으로 만든 세계」, 『문학동
　네』 2023년 가을호, 100~101면). 비슷한 맥락에서 문학평론가 이소는 이
　소설이 "영혼과 고통의 시적 세계에 머무른 채 '정치적인 것'으로 향하기를
　포기"한다고 말하기도 한다(이소 「제주에서 보낸 한철」, 『삶』 2022년 상권,
　107면). 이들의 입장은 문학적 재현의 다각화가 발휘할 수 있는 정치성에
　대한 이해를 축소함으로써 문학의 힘을 경시하는 결과를 낳는다. 한편 『작별
　하지 않는다』를 증언의 불가능성 및 그 윤리적 한계를 탐색하는 애도의 서사
　로 조명하는 연구들도 있는데, 이 같은 '애도 서사'로의 규정이 과연 작품의
　인간에 대한 첨예한 태도를 제대로 살피게 하는지는 의문이 든다.

과 의존성을 인간의 존재론적 근거로 삼음으로써 윤리적 원칙론으로 귀결됐던 기존의 돌봄 논의에서 한단계 더 나아가[4] 돌봄의 실천을 위해 기꺼이 용기를 냄으로써 공동체의 기억 서사를 계속해서 이룩해갈 수 있음을 일러준다. 소설을 통해 돌봄을 역사화하는 과정은 지금 이곳에서 우리가 해야 할 몫을 생각하는 일과도 힘 있게 연결된다.

2. 역사를 솔질하는 돌봄

총 3부로 구성된 『작별하지 않는다』는 작품의 절반 이상 분량을 1부에 할애한다. 1부가 마무리될 때까지 제주 4·3이라는 명칭조차 언급되지 않거니와, 소설이 시작되는 시점 자체도 정심이 죽고 4년이 흐른 뒤이므로 정심이 겪었던 세월의 정체는 전반부 내내 다뤄지지 않는다. 소설의 이 같은 시도는 4·3에 대한 침묵을 강요당해왔던 실제 제주도민들의 과거를 상기하는 동시에 4·3에 대한 오랜 침묵을 다르게 바라볼 수 있어야 한다는 요청으로 다가온다. 한 개인이 소화하기 벅찰 정도

[4] 돌봄이 "여전히 성취가 아니라 '책임'이며 욕망하기보다 '배정'되는 무엇"으로 여겨지고 있음을 지적하면서, 돌봄 중심의 사회로 전환하기 위해서는 "대대적인 가치의 재해석"이 필요하다고 전하는 논의로 황정아 「가치로서의 돌봄」 『개념과 소통』 28호, 2021 참조. 인용은 135~37면.

로 압도적인 규모의 폭력이자 해명되지 못한 사실이 숱하게 숨겨진 역사가 새겨진 몸은, 바로 그 역사가 빼앗지 못한 단 하나의 몸으로 살아 있는 과거에 대한 말하기를 이어가기 때문이다.[5] 가령 정심의 삶을 관통하면서 형성된 — "*날카로운 쇠붙이를 깔고 자야 악몽을 안 꾼다는 미신*"을 믿으면서 "*실톱을 깔고*" 자는 습관까지 포함한78면 — 온갖 몸짓 그 자체는 정심 자신이 겪은 시간을 증명하는 한 방식이자 정심의 행위에 사건의 진실이 깃든 방식이다. 이 때문에 정심이 겪었던 세월을 곧바로 소환하는 대신 경하가 인선의 부탁으로 앵무새를 돌보기 위해 제주 중산간 지역에 있는 인선의 집으로 향하는 소설의 전반부는, 어쩌면 지금은 보이지 않는다고 여겨지는 (정심을 포함한) 4·3 영령들의 부름에 경하와 인선이 응하기 위해 필히 동반되어야 할 여정일 수 있다.[6] 특히 소설이 시작되자마자 등장하는 경하의 꿈 이

5　4·3에 대한 구술 기록을 살필 때 자주 확인되는 내용은 구술자들이 4·3 그 자체보다 역사적 사건을 자신의 생애사로 엮는 데 관심을 둔다는 점이다. 인류학자 유철인의 연구에서 '강정순 할머니'는 4·3을 "자신이 '병신'이 되어버린 사건"이자 "가족과 친척의 죽음, 그리고 혼인관계 등을 둘러싼 사건들"로 설명한다. 이는 4·3이 자신의 몸, 관계, 경험으로 이미 말해지고 있으므로 굳이 입 밖으로 꺼낼 필요가 없는—오히려 관련된 말을 꺼내는 순간 자신의 삶을 걸만한 각오를 해야 하는—일로 자리하고 있음을 알게 한다. 유철인 『여성 구술생애사와 신세타령』, 민속원 2022, 169면.

6　소설의 1부에는 경하의 악몽 이야기가 이어지다가 갑자기 4·3을 연상케 하는 이미지가 연속되던 문단의 흐름을 끊고 난폭하게 삽입되는 대목이 있다 ("모르는 여자들과 함께, 그녀들의 아이들과 손을 나눠 잡고 서로 도우며 우물 안쪽 벽을 타고 내려갔다. 아래쪽은 안전할 줄 알았는데, 예고 없이 수십 발의 총탄이 우물 입구에서 쏟아져내렸다. 여자들이 아이들을 힘껏 안아 품

미지는 묘하게 정심의 4·3에 대한 강렬한 원체험과 악몽을 연상시킴으로써 경하의 역사적 무의식을 전면화한다.

성근 눈이 내리고 있었다.
내가 서 있는 벌판의 한쪽 끝은 야트막한 산으로 이어져 있었는데, 등성이에서부터 이편 아래쪽까지 수천 그루의 검은 통나무들이 심겨 있었다. (…) 하지만 침목처럼 곧지 않고 조금씩 기울거나 휘어 있어서, 마치 수천 명의 남녀들과 야윈 아이들이 어깨를 웅크린 채 눈을 맞고 있는 것 같았다.9면

한강의 소설에서 꿈은 대개 꿈을 꾼 인물이 꿈꾸기 이전과 달라진 상황으로 건너가기 위한 서사적 매개로 쓰임으로써 인물이 겪는 현실을 여러겹으로 살피게 만드는 이미지로 등장하곤 한다. 인용한 대목 역시 경하가 광주 5·18에 대한 소설을 쓴 뒤에 꾸었다는 꿈 이미지로, 처음 경하는 이것을 5·18에 대한 것으로 받아들인다. 그러나 이 꿈이 다른 의미를 겨냥한다는 사실을 알아챘을 때 표현된 "보이지 않는 거대한 칼이" "허공에

속에 숨겼다. 바싹 마른 줄 알았던 우물 바닥에서 고무를 녹인 듯 끈끈한 풀물이 차올랐다. 우리들의 피와 비명을 삼키기 위해", 20~21면). 고통에 민감하게 반응하는 경하의 서술 배면에는 정심과 같이 공적인 역사에서 드러나지 않는 이들의 부름이 서려 있음을 전하는 방식일 수 있다. 또한 이는 평소에는 말없이 인자해 보이는 인물들의 잠긴 입술 속에 말로 표현할 수 없는 많은 이야기가 잠재되어 있다는 사실을 소설이 폭발적인 이미지로 알리는 장면이기도 하다.

떠서 내 몸을 겨누고 있는 것 같"12면은 기분은 앞으로 경하가
비슷한 강도의 고통을 껴안고 있는 누군가와 연결될 가능성을
시사한다. 특히 나무들이 "수천 명의 남녀들과 야윈 아이들이
어깨를 웅크린 채 눈을 맞고 있는 것 같"다는 은유는 정심이 어
린 시절에 직접 본 학살 장면[7]을 유추하게 한다. 정심이 목격한
장면은 인간이 저지르는 폭력행위와 그로 인해 살아 있던 몸이
한순간에 잔인하게 내팽개쳐지는 상황이 거름망 없이 전해진다
는 차원에서 고통스럽지만, 한편으로는 정심이 언니와 함께 죽
어가는 여동생을 살리기 위해, 그리고 사라진 오빠를 찾기 위해
혼신을 다했다는 차원에서 삶 충동을 최대치로 끌어올린 장면
이기도 하다. 이는 자신이 사랑하는 존재가 폭력적으로 내쳐졌
다 해도 그이를 포기하지 않고 끝까지 구해내서 돌보고자 하는
의지로 형성된 장면으로, 정심의 삶의 원형적 이미지로 자리한
다. 경하의 꿈 이미지는 이처럼 정심의 원형적 이미지와의 유사
성을 통해 경하와 인선이 자신들의 존재 방식이 정심의 말하기

7 　정심이 그녀의 언니와 함께 보리밭에서 군경이 죽인 "백여 명의 사람들을,
　아래에 동생이 깔려 있는지 밀어가며 다시 살폈"(250면)던 체험을 말한다.
　소설에서 이 강렬한 원체험은 인선의 입을 통해 경하에게 다음과 같이 전달
　된다. "아버지와 어머니, 오빠와 여덟 살 여동생 시신을 찾으려고" "여기저기
　포개지고 쓰러진 사람들을 확인하는데, 간밤부터 내린 눈이 얼굴마다 얇게
　덮여서 얼어 있었대" "그날 똑똑히 알았다는 거야. 죽으면 사람의 몸이 차가
　워진다는 걸. 맨뺨에 눈이 쌓이고 피 어린 살얼음이 낀다는 걸"(84면). "오직
　그 눈에 대해서만 말했을 뿐이야. 수십 년 전 생시에 보았고 얼마 전 꿈에서
　보았던, 녹지 않는 그 눈송이들의 인과관계가 당신의 인생을 꿰뚫는 가장 무
　서운 논리이기라도 한 것처럼"(86면).

와 이어지고 있다는 사실을 깨닫게 만드는 통로이자, 정심이 한 평생 품고 있었을 정서를 시적으로 응축해 미리 전하는 역할을 한다.

정심이 보리밭에 죽어 있던 사람들 아래에 깔린 동생을 살리고자 동생의 입속으로 "자기 손가락을 깨물어 피를"251면 내어 흘려들어가게 하면서까지 애썼던 일, 육지로 끌려간 오빠의 행방을 따라 경산 코발트 광산의 유해 발굴 작업에 적극적으로 참여한 일, 4·3 이후 제주의 세월을 짐작하게 하는 자료들을 아카이빙한 일 등은 그녀의 온 생애에 걸쳐 일어난다. 또한 대구 형무소에 수감되었다가 살아 돌아온 남자와 결혼하고 고문 후유증에 시달리던 남편을 돌보는 시간, 남편을 여읜 뒤에는 홀로 딸 인선을 키우는 시간으로도 이루어진 정심의 삶은 4·3이 역사적 비극이 드러나는 단 하나의 장면으로 결정되어 있지 않으며, 돌봄의 서사로 계속해서 그 의미를 발생시키며 쓰이고 있음을 알린다. 정심이 긴 시간을 관통하면서 보여주는 전방위적 돌봄은 역사를 솔질함으로써 소설이 가닿을 수 있는 4·3에 대한 진실의 차원이 존재함을 알려주면서 재현의 리얼리티를 획득한다. 즉, 정심의 돌봄은 4·3의 참혹함을 폭로하는 데서 그치지 않고, 사랑하는 사람들을 살리고 극진히 보살핌으로써 이들과 당도했으면 하는 세상에 대한 바람을 담는다. 소설은 정심을 통해 학살 이후에도 세상이 어떻게 지속될 수 있는지를 보여준다.[8]

정심이 끝까지 지켜내고자 했던 것이 사랑이었음을 증

명하는 그녀의 돌봄 행위는 역사적 사건이 남긴 고통을 짊어지고 삶을 이어가는 이들을 마냥 망각을 견디는 수동적 존재가 아닌, 전생애에 걸쳐 온몸으로 정치적인 말하기를 실천해온 이들로 다시 보게 만든다. 이를테면 정심이 남긴 "삭은 종이 뭉치들" 271면은 1960년에 조직된 경북지구 피학살자 유족회가 쿠데타를 일으킨 군부에 의해 활동을 강제로 저지당하고 34년 동안 아무런 움직임도 보이지 못했다는 사실, 그러다 1995년 "경산의 시민단체가 코발트 광산 앞에서 최초의 진혼제를"283면 올리고 2000년에는 코발트 광산 유족회를 재결성했다는 사실을 전한다. 소설은 이를 통해 역사적 사건이 남긴 고통이 만들어낸 오랜 침묵을 침묵 다음의 말하기를 향한 적극적인 기다림의 일환으로 가시화한다. 이는 4·3에 대해 오래 이어져왔던 '속솜'이

8 돌봄의 몸짓으로 이루어진 정심의 말하기는 한편 불꽃의 이미지로 나타난다. 먼저 인선의 단편 영화에서 "열여섯 살에 닷새 동안 혼자 만주 벌판을 가로질러 독립군 캠프로 복귀했던 노인"(131면)이 "혼자만 산 이유를 알고 싶다는 생각만 하면 불꽃 같은 게 활활 가슴에 일어서 얼어죽지 않은 것 같"(132~33면)은 심경으로 살았다는 대목을 통해 불꽃은 역사의 물결에 휩쓸려가지 않은 자들이 품고 있는 '왜 나는 살아 있는지'에 대한 질문을 틔우며 등장한다. 이 불꽃은 4·3 당시 마을을 태우던 군인들의 불길을 연상시키는 포악한 이미지로 이어지다가 불타는 집의 "돌벽"을 "다시 올"(244면)리는 재구축의 몸짓을 만들어내기도 한다. 불타버린 마을을 먼 훗날 인선과 함께 다시 찾으면서 정심은 인선의 뺨을 "손바닥으로 쓸"어 "뻐근한 사랑이 살갗을 타고 스며들"게 하는데, 이때의 '살갗을 타고 스며드는' 사랑의 열기로 전해지는 정심 내부의 '불꽃'은 '눈'의 대척점에서 "사랑이 얼마나 무서운 고통인지"(311면)를 일깨워주는 이미지로 나타난다. 불꽃은 고통과 회복, 죽음과 재생을 동시에 품고 있는 돌봄의 속성을 형상화한다.

증언문학에서 나타나곤 하는 병리적인 반응과 다르게[9] 명백히
정치적 함의를 담은 표현임을 알리는 것이다.[10] 정심과 정심을
비롯한 4·3 생존자들, 유족들의 '속솜'에는 강력한 분단체제의
효과로 인해[11] 기억을 억압하는 폭력성에 대한 반응이 깃들어
있는 한편, 생존자와 망자의 존엄이 훼손되지 않도록 그들을 지
켜주고 싶은 마음과 본인의 생존을 위해 스스로 기억을 눌러 담
는 분투가 담겨 있다. 이와 같은 정심의 실천은 4·3으로 잃어버
린 가족을 기억하기 위해 슬픔을 삼키기만 하는 정서적 작업에
국한되지 않고, 망각과 침묵을 강요하는 사회에 비폭력적으로
저항하는 의미를 실어냄으로써 고통을 물신화하지 않고, 다른
이들과 기억을 공유할 수 있는 토대를 마련한다. 정심은 사회가
외면해왔던, 그러나 분명히 존재하는 역사적 상처를 어루만지
기 위해 기나긴 시간 동안 '속솜히' 망자들의 존엄을 회복하는

9 Hayden White, "Figural Realism in Witness Literature," *Parallax*, vol.
10, no. 1, 2004, 114면.

10 인선이 만든 영화에서 인선은 아버지와 함께 동굴에 갔던 경험을 전한다.
정신병이 심해진 아버지는 4·3이 아직도 진행된다고 착각한 상태에서 몸
을 숨기듯 동굴로 들어가 딸에게 "*속솜허라*"(159면)는 말을 가장 많이 한
다. 군경들로부터 딸을 지켜야 한다고 여겼던 아버지가 필사적으로 꺼내든
말이자, 학살의 기억을 억압해야만 했던 제주도민들이 생존을 위해 받아들
인 삶의 태도이다.

11 소설에서는 경북지구 피학살자 유족회가 발족한 이듬해인 1961년 "5월
군사 쿠데타 직후" "유족회장"이 "체포돼서 사형 언도를 받"았고, "총무"가
"십오 년 형"(278면)을 받았다는 일화를 통해 국가가 법적 제도를 동원하
여 4·3에 대한 진실이 드러나지 못하도록 막았던 상황을 보여줌으로써 분
단체제의 작동을 증명한다.

방법을 강구해왔던 정치적 돌봄의 행위자이다.

3. 기억을 돌보는 연대

1부 '새'의 2장 「실」에서 인선은 5·18에 대한 소설을 쓰고 난 뒤 삶을 못 견뎌하던 경하에게 연락해 사고를 당한 자신의 상황을 전한다. 전기톱으로 손가락이 잘리는 사고를 당한 인선은 잘려나간 신경을 살리기 위해 "봉합된 자리" 40면에 "삼 분에 한 번씩" 41면 바늘로 찌르는 치료를 받는다. 인선에게 "*까무러칠 것 같*"은 이 "*아픔*"은 경하의 소설에 나오는 "*그때 그곳에 실제로 있었던 사람들*" "*총에 맞고,/몽둥이에 맞고,/칼에 베여 죽은 사람들*" "*목숨이 끊어질 정도로/몸 어딘가가 뚫리고 잘려나간 사람들*"을 떠올리게 하면서 그들이 "*얼마나 아팠을까?*" 56~57면하고 질문하게 만든다. 이쯤이면 인선에게 고통이란 생물학적인 몸의 신경뿐 아니라 인간적인 삶의 신경이 끊어지지 않도록 반드시 통과해야 하는 것이 된다. 괴로운 치료는 고통에 대한 다른 해석이 시도되는 과정이다.

인선의 부탁으로 경하가 앵무새 '아마'를 살리고자 폭설에 고립될 위험을 감수하고 인선의 집으로 찾아가는 여정에서 경하가 맞닥뜨린 고통은 인선의 그것과 비슷한 기능을 한다. 인선의 집으로 가는 동안 경하는 제주라는 공간이 얼마나 고립되어 있는지를 실감한다. 험한 눈보라와 거친 바람 사이를 가로지르면서 경하는 눈과 바람이 인간의 몸과 접촉할 때 일으키는 감각에 기대어 머나먼 과거의 사람들 역시 생생한 몸의 감각으로 학살을 겪었으리라고 짐작한다. 경하의 여정은 과거의 몸들이 어떤 감각으로 고통을 겪었는지 떠올리지 않는다면, 그 어떤 역사적 사건에도 진정으로 가닿을 수 없다는 사실을 눈의 이미지로 보여준다. "물"과 "바람"과 "해류"의 "순환"을 따라 "떨어지는 눈"을 통해 경하는 서로 다른 시공간에 있는 낯선 존재들이 연결될 수 있다는 인식에 도달한다.

파문처럼 환하게 몸 전체로 번지는 온기 속에서 꿈꾸듯 다시 생각한다. 물뿐 아니라 바람과 해류도 순환하지 않나. 이 섬뿐 아니라 오래전 먼 곳에서 내렸던 눈송이들도 저 구름 속에서 다시 응결할 수 있지 않나. 다섯 살의 내가 K시에서 첫눈을 향해 손을 내밀고 서른 살의 내가 서울의 천변을 자전거로 달리며 소낙비에 젖었을 때, 칠십 년 전 이 섬의 학교 운동장에서 수백 명의 아이들과 여자들과 노인들의 얼굴이 눈에 덮여 알아볼 수 없게 되었을 때, 암탉과 병아리들이 날개를 퍼덕이는 닭장에 흙탕물이 무섭게 차오르고 반들거리는 황동 펌프에 빗줄기가 튕겨져 나왔을 때, 그 물방울들과 부스러지는 결정들과 피 어린 살얼음들이 같은 것이 아니었다는 법이, 지금 내 몸에 떨어지는 눈이 그것들이 아니란 법이 없다. 135~36면

머나먼 과거에 인간이 벌이고 겪었던 일은 눈에 의해 지금의 인간과 같은 존재의 일로 수용된다. 사회적으로 억압받아왔던 역사적 사건은 "눈송이들"의 그치지 않는 움직임에 착안한 경하의 여정을 통해, 알고 보면 다양한 방식으로 현재적인 발화를 줄곧 지속해왔던 사건으로 이해된다. 눈송이들로부터 느껴지는 생생함이란 곧 고통의 현장을 짊어지고서도 끈질기게 살아남은 역사적 인간의 흔적이자, 그것을 고통 속에서도 끝까지 살고자 하는 힘으로 건네받는 지금 이곳 사람들의 존재감에 대한 다른 표현이다.

소설이 전개되는 내내 곳곳에서 포착되는 생생한 자연 묘사는 제주의 풍경 속에 누군가의 영靈이 더불어 있는 것만 같은 분위기를 조성한다. 풍경에서 감지되는 영적 존재감은 제주 지역 곳곳에 스며 있는 공동의 경험을 살려내는 역할을 한다. 백낙청의 표현을 빌려 다시 말하자면 경하와 인선에게 4·3에의 접근은 지금의 현실뿐만 아니라 '있어야 할 것'과 '없는 것들'의 '있음'까지 모두 포함한 총체로서의 삶의 진실과 마주하는 경험이다.[12] 소설은 이를 매개하는 역할을 앵무새 아마에게 맡기기

12 "현실은 언제나 '있어야 할 것'을 일부라도 배태한 '있음'"이고, "'없는 것'들의 '흔적으로 있음'이며, 그런 의미에서 '온전하게 눈앞에 있음'이라는 관념은 '현존의 형이상학'을 비판하는 해체론적 인식에 어긋날 뿐 아니라 진정으로 변증법적인 리얼리즘론에도 배치"된다. 백낙청 『통일시대 한국문학의 보람: 민족문학과 세계문학 4』, 창비 2006, 43면 참조.

도 한다. 경하는 아마의 숨이 끊어져서는 안 된다는 돌봄의 책임감을 발휘하며 고행을 감수하는데,[13] 누군가를 살리고자 하는 돌봄 의지는 경하가 계속해서 살아 있게 하는 힘을 만들어낸다.

아마를 통해 형성된 경하의 돌봄 의지는 새가 숨 쉬고 있는 터에 숨겨진 기억의 귀환을 요청하면서, 학살이 벌어졌던 자리의 공동체를 보살피고자 하는 행위로 확장된다. 이는 역사적 진실에 닿기 위한 여러 각도의 재현을 개방하는 소설적 시도로 이어진다. 경하가 인선의 집에 도착했을 때 이미 죽어 있던 아마가 다시 살아난다거나,[14] 서울 병원에 있어야 할 인선이 경하 앞에 나타나 이들의 현재가 꿈이 포함된 현실에서 펼쳐지고 있음을 보여주는 장면이 여기에 해당한다. 4·3을 다룬 인선의 다큐멘터리 작업 또한 그 연장선에서 읽힌다. 인선의 작업은 추상적인 이미지를 인선 자신의 발언과 겹쳐 담는 방식으로 진행된다. 이는 평면적 사실성을 전달하는 방식만으로는 4·3에 대한

13　경하가 새의 '있음'을 깊이 감지하는 과정은 "잠들고 싶다./이 황홀 속에서 잠들고 싶다./정말 잠들 수 있을 것 같다.//*//*하지만 새가 있어.//손끝을 건드리는 감각이 있다./가느다란 맥박처럼 두드리는 게 있다./끊어질 듯 말 듯 손가락 끝으로 흘러드는 전류가 있다"(138면)와 같이 유난히 시적인 문장의 행과 열 배치로 표현된다.

14　새의 이름은 '아마'(maybe)라는 표현과 뜻이 통한다는 점에서 의미심장하다. 경하가 아마를 향해 "꿈이 아니지, 아마?"(184면)라고 말하는 순간, 경하 자신 역시 지금 있는 곳을 꿈이나 현실로 명확하게 식별하는 일을 더는 중요하게 여기지 않는다. 아마를 돌보면서 경하는 이전에는 보이지 않았던 무언가에 가닿고자 하는 상황에 집중하는 일을 더욱 긴요하게 여기기 시작한다.

기억을 서사적으로 형성하기 힘들다는 것을 이해하는 소설의 화법과 유사하다. 인선의 작업물에서는 "회벽 앞에 앉은 인선의 두 손이 무릎 위에서 천천히 움직"이는 장면에 이어 "하나인 듯 겹쳐져 있던 나뭇가지 그림자가 바람에 흔들리며 둘이 되었"다가 "셋이 되었"164면다가 하는 이미지가 등장함으로써 비로소 한 사람의 목소리가 들리는데, 이는 두 손으로 직접 장막을 걷은 자리에서야 들리는 목소리가 있음을 보여주는 전략에 해당한다. 인선의 다큐멘터리는 거듭 그림자와 손의 이미지를 중첩하는 시적 형상화로 예술이 진실을 훼손하지 않기 위해 시도할 수 있는 기억의 형태를 재현하고자 한다.

들리지도 보이지도 않던 역사적 시간은 여럿이 서로를 붙드는 속에서, 힘을 모아 기억을 돌보는 연대를 이룩하는 속에서 드러난다고 소설은 내내 전한다. 경하와 인선은 불평등하게 배제되어 있었으나 사실은 삶을 지속한 핵심적인 행위가 이어온 역사를 향해 함께 몸을 기울인다. 이들이 나눴던 '전설의 바위'—뒤돌아보지 말라는 경고에도 "건지고 싶은 사람"242면에 대한 생각으로 뒤를 돌아보았다가 바위가 된 여성들—이야기는 여성의 돌봄 행위가 삶에 대한 수동적 대응으로 발휘되는 게 아니라 적극적인 결단으로 이루어진 것임을 알린다. 두 사람이 함께 정심의 기억을 돌보는 행위에는, 평생에 걸쳐 정치적 돌봄을 행해온 정심의 삶이 공적 담론의 장에서 존중받을 수 있도록 그녀의 삶을 언어로 번역해서 전하는 실천까지 포함되어 있다. 두 사람은 여기에 더 많은 관심이 모일 수 있도록 "활주로 아래" "유골들"209면이 단지 발굴되는 차원으로는 부족하다고, "……누군가 더 있는 것 같"고, "뭔가가 더 남아 있"208면다는 감각을 통해 여기에서 더 나아간 작업이 필요함을 알리는 자리에 있고자 한다. "어둠 속에서"304면 촛불을 서로 나누며 정심의 자취를 따라 걷는다.

경하와 인선이 정심의 이야기와 마주하는 과정에서 경하는 *"내려가고 있다"*는 감각에 대해 자주 언급한다. *"수면에서 굴절된 빛이 닿지 않는 곳"*267면으로 낙하하는 움직임은 보이지 않던 고통과 연결되려는 적극적인 움직임이자, 언젠가는 지금 이곳에 도착해야 할 과거를 위한 길을 내는 움직임이다. 인간의 삶이 이어지는 한 역사는 계속해서 쓰인다. 경하와 인선이 함께 기억을 돌볼 때, 정심의 이야기는 곧 경하와 인선의 삶으로 다시 쓰이고, 기억을 억압했던 이전과는 다르게 살아내고자 애쓰는 과정에서 역사적 창조가 이루어진다. 따라서 "불붙지 않"은 "성냥"을 긋는 과정에서 "성냥개비"가 "꺾"이고, "부러진 데를 더듬어 쥐고 다시 긋자 불꽃이 솟"325면아나는 곳에 경하와 인선이 *"아직"*324면 있는 소설의 마지막 장면은 해원을 위한 제의성을 담아 새로운 역사적 가능성이 열어젖혀지는 장면일 수 있다. 이들의 "손"이 곧 모아질, 혹은 모아져야 마땅한 거기에 "심장처럼. 고동치는 꽃봉오리처럼. 세상에서 가장 작은 새가 날개를 퍼덕인 것처럼"325면 솟아나는 불꽃이 있다.

4. 사라지지 않는 것

　　　　　인선과 경하가 포기하지 않고 추진하기로
한 공동작업 '작별하지 않는다'가 진행될 땅을 향해 얼마 안 남
은 초를 들고 가는 과정에서 경하는 인선을 향해 *"아직 사라지
지 마"*라고 말한다. 만약 인선의 숨이 가빠져 얼굴에 눈이 쌓인
다면 망설임 없이 "눈을 닦을 거"라고, "내 손가락을 이로 갈라
피를 주겠다"324면고.

　　　　아직 사라지지 말라는 경하의 간절한 요청을 새삼 2024년
12월 3일 당시 대통령에 의해 선포된 계엄으로 형성된 '빛의 광
장'에서 부각되었던 역사와 더불어 떠올려본다. 계엄 선포 시기
와 노벨상 시상일2024년 12월 10일이 맞물리면서 화제가 된 *"과
거가 현재를 도울 수 있는가" "죽은 자가 산 자를 구할 수 있는
가"*[15]라는 작가의 노벨 문학상 수상 기념 강연의 일부가 낭독될
때마다 광장은 과거가 남긴 진실을 존중하고자 하는 작업의 중
요성을 각인시키는 역사적 실천의 장소로 거듭났다. 공동체의
서사적 기억을 형성하는 동시에 변화시키는 작업을 감당하는
문학이 오늘의 역사적 실천과 어떻게 연결될 수 있는지를 근본
적으로 사유하게 만든다면, 『작별하지 않는다』는 보이지 않는

15　한강 『빛과 실』 문학과지성사 2025, 19면.

다고 사라지는 게 아님을, 오히려 기억되거나 기록되지 못한 과 거를 역사화하기 위한 움직임을 통해 나아갈 수 있음을 사유하게 한다. "역사의 진행은 전혀 막막하기만 하던 곳에서 홀연히 길을 뚫는 일은 있어도 한번 지나온 길로 되돌아가는 법은 없다."[16] 지금의 역사를 이루고 있는 바로 그 시간이 당장 눈앞에 없다거나 지워져 있다고 느낀다 하더라도 그것은 사라지지 않는다. 아니, '아직 사라지지 말라'라는 요청을 하는 역사적 인간들에 의해 사라질 수 없는 것이 된다.

『작별하지 않는다』는 역사적 비극의 생존자가 사회적으로 돌봄 받지 못한 사건을 어루만지는 시간을 살아냄으로써 망자들의 존엄을 회복하는 적극적인 돌봄 행위자의 이야기, 재현의 곤혹을 돌파하고 기억의 연대를 구축하는 이들의 이야기이다. 정심과 인선, 경하의 돌봄이 형성하는 연결은, 분단체제의 치안 질서가 역사적 굴절을 유인하는 속에서도 각각의 주체가 수행하는 돌봄으로 기억의 정치와 연대를 이어온 지난 시간이 있음을 알린다. 동시에 앞으로 우리가 만들어갈 기억의 지도가 토대로 삼아야 할 것이 무엇인지를 알려준다. 이들의 돌봄 행위로 학살의 역사가 사랑의 역사로 다시 쓰이는 가운데 작가의 탐구는 다시 우리에게 돌아온다. 무엇이 보이지 않는가. 그 보이지 않음은 타당한가. 중요한 것은 아직 드러나지 않은 진실을

---

16 백낙청 『민족문학과 세계문학1/인간해방의 논리를 찾아서』, 220면.

향한 여정이 앞으로도 계속해서 이루어져야 하며, 문학 또한 거기에서 계속되리라는 데 있다. "진정한 시의 새로움은 곧 역사의 새로움"[17]이다.

17　같은 책 234면.

세계의 폭력을 가로지르는
유토피아적 충동

초기 소설을 중심으로 살펴본 한강의 작품세계

한영인

韓永仁 문학평론가. 평론집 『갈라지는 욕망들』 등이 있음.

1. 폭력과 통증

　　한강의 노벨 문학상 수상 소식이 전해지자 한국은 거대한 흥분과 감탄, 기쁨과 열광에 휩싸였다. 세간의 관심은 자연스럽게 한강이 이제까지 써온 작품들로 향했다. 그중에서도『채식주의자』창비 2007, 개정판 2022와『소년이 온다』창비 2014,『작별하지 않는다』문학동네 2021를 비롯한 장편소설을 둘러싼 관심이 뜨거웠다. 세 소설이 한강의 작품을 처음 접하는 독자들에게 매력적인 통로가 되어준다는 점을 부정할 사람은 없을 것이다. 그렇지만 한강의 소설세계를 더욱 풍부하게 음미하기 위해서는 이와 같은 작품들이 1994년 첫 소설 발표 이후 연속되게 이어져온 작가의 소설적 탐구 도정 위에 올라서 있다는 사실 역시 온당하게 조명될 필요가 있다. 한강은 일관성을 갖춘 문학적 주제의식을 오랜 시간에 걸쳐 심화해온 작가이기에 그의 작품세계를 조명할 때 그 출발점에 해당하는 초기 작품을 심도 있게 살피는 일이 무엇보다 중요하다.

　　한강의 노벨 문학상 수상은 한국어로 쌓아 올린 창조적 자산의 성취를 비로소 세계적 차원에서 인정받았다는 점에서 의미가 크다. 작가는 수상소감에서 어릴 때부터 한국문학과 함께 자랐다고 밝힘으로써 자신의 소설세계가 한국문학이라는 '거대한 뿌리'에 기대고 있음을 자랑스럽게 강조했다. 실제로 그의 초기 작품들을 살펴보면 다양한 선배 작가들의 흔적을 직간접적으로 감지할 수 있다. 『당신들의 천국』과 『소문의 벽』 『병신과 머저리』 등의 작품을 써낸 이청준이 대표적이다. 이청준은 「병신과 머저리」1966에서 원인불명의 고통에 시달리는 인물을 통해 시대의 새로운 통각을 형상화한 바 있다. 한강은 '환부 없는 아픔'이라고 명명된 이 새로운 통각을 자신의 초기 작품에서 다양한 방식으로 변주하며 인간의 실존적 조건에 대해 탐구한다.

　　첫 소설집 『여수의 사랑』문학과지성사 1995, 개정판 2018의 표제작 「여수의 사랑」에서 출발해보자. 작가가 신춘문예로 등단한 해에 발표한 이 작품에는 이후 한강의 작품을 관통하는 선연한 고통의 이미지가 인상적으로 제시된다. 작가가 그려내는 고통은 소설의 서두를 장식하는 감각적인 묘사를 통해 독자에게 육박한다. 객실 차창에 닿는 빗물은 "통곡하는 여자의 눈에서 쉴 새 없이 뿜어져 나오는" 듯 묘사되고, 창문을 통해 내다보이는 "어린 묘목들과 갈대숲은 송두리째 제 몸을 고통에 바치며 흔들리고"「여수의 사랑」 9~10면 있는 것으로 그려진다. 이와 같은 외부 정경이 주인공 '정선'이 겪는 고통의 객관적 상관물임은 물론이다.

정선을 고통스럽게 만드는 원인에는 그녀가 앓고 있는 결벽증도 큰 몫을 차지한다. 결벽증은 일종의 강박충동으로 청결한 내부와 더러운 외부의 이항대립을 구조화한다. 강박증적 주체에게 타자는 더러운 병원체이거나 위험한 바이러스의 일종으로 간주되기 마련이다. 그래서일까. 정선이 월세를 나눠 내기 위해 들였던 룸메이트들은 모두 학을 떼고 그녀를 떠나버리고 만다. 정선의 결벽증은 그녀의 삶을 옭아매는 동시에 상실을 반복적으로 맞닥뜨리게 함으로써 고립을 한층 강화하는 요인으로 작용하지만 이는 정선이 앓는 고통의 원인이라기보다 증상에 가깝다. 그 고통의 심연에는 고향 여수에서 아버지가 자신과 동생을 데리고 동반 자살을 기도했던 사건이 야기한 심리적 외상이 자리하고 있기 때문이다.

그렇지만 정선에게 각인된 심리적 외상과 현재의 고통 사이를 연결해줄 언어는 찾을 수 없다. 정선은 원인을 알 수 없는 통증에 시달려 병원을 찾지만 그녀를 진찰한 늙은 의사는 별다른 이상이 없다는 말을 반복할 뿐이다. "대학 병원에서 내시경 검사까지 해봤는데 아무 이상이 없다는군요. 아무 병이 없다는 겁니다. 세상에 이럴 수도 있나요. 난 아파요, 정말로 아프단 말입니다."「여수의 사랑」 24면 이청준이 그렸던 '환부 없는 아픔'이

병명을 알 수 없는 통증으로 다시 등장하는 장면이다. 이청준의 소설에서 인물들이 겪는 고통은 수치심 및 죄의식과 밀접한 관련을 맺고 있다. 반면 한강 초기 소설에 깊고 넓게 드리운 고통은 어떤 주체가 자신과 불화하는 시대와 부대끼는 과정에서 발생하는 죄의식의 산물이라기보다 예기치 못한 압도적인 폭력을 경험한 생존자가 시달리게 되는 외상의 발현에 가깝다. 이는 한강이 그려낸 고통이 이전 세대 이청준에 비해 불투명하고 실존적인 양상을 띠고 있음을 의미한다. 주체의 병증을 명석한 반성적 시선을 통해 객관화해주는 서술자가 존재하지 않기 때문에 한강의 초기 소설에서 고통은 보다 근원적이고 그만큼 인물이 느끼는 절망감도 깊다.

한강의 초기 소설에는 정선 외에도 원인 불명의 고통을 호소하는 인물들이 여럿 등장한다. 「진달래 능선」의 주인공은 "원인이 불분명한 위장 질환을 앓고 있"「진달래 능선」, 『여수의 사랑』 245면으며 「아기 부처」의 주인공 역시 "체중이 두 주 사이 사십삼 킬로까지 떨어"져 "위내시경 검사를 받아봤지만 위장에는 이상이 없"「아기 부처」, 『내 여자의 열매』, 창작과비평사 2000, 개정판 문학과지성사 2018, 137~38면다는 소견을 의사로부터 받을 뿐이다. 「내 여자의 열매」『내 여자의 열매』의 아내는 다양한 신체적 이상증상을 호소하며 내원하지만 이번에도 의사는 그녀의 몸에서 "아무 이상도 찾지 못"「내 여자의 열매」 25면하고, 「에우로파」의 '인아' 역시 "원인을 알 수 없는 지독한 두통"「에우로파」, 『노랑무늬영원』, 문학과지성사 2012, 81면에 시달린다.

한강의 소설에 산재하는 원인 불명의 고통은 필멸의 운명에 처한 인간 존재의 취약성을 정직하게 응시하게 만든다. 작가는 피할 수 없는 육체의 고통이야말로 인간이 마주하는 생의 근원적인 조건이라는 점을 계속해서 강조하는 듯하다. 「여수의 사랑」에 등장하는 정선의 동숙자 '자흔'은 어린 시절 충격적인 사건을 경험한 뒤 언어를 상실했다가 다시 말할 수 있게 되었을 때 첫마디로 "너무 아파요"「여수의 사랑」 43면라고 한다. 이때 자흔이 발화하는 최초의 언어가 고통의 표출이라는 점은 인간이 고통을 통해 상징 질서로 진입하는 존재임을 암시한다.[1]

하지만 언어를 통해 진입하게 된 상징 질서는 인간의 실존적 고통을 포착하는 데 무능하고 무기력하다. 한강의 소설에

---

[1] 정선은 자흔을 처음 대면한 뒤 그녀의 외모를 "여간 눈여겨보지 않았다가는 다시 만났을 때 알아볼 수 없겠다 싶을 만큼 눈 코 입 어느 하나 특색이 없는 생김새"(「여수의 사랑」 12면)로 묘사한다. 이처럼 평범한 외모의 여성은 이후 한강 소설을 대표하는 여성 캐릭터로 자리 잡는다. "좀처럼 나이를 알아볼 수 없는 평범한 얼굴"(「어느 날 그는」, 『내 여자의 열매』 196면)의 소유자 '민희'와, 유명 기자의 아내치고는 평범한 얼굴과 키와 몸매를 지닌 여성으로 그려지는 「아기 부처」의 주인공은 그런 점에서 자흔의 자매들이라고 할 수 있다. 이 평범하고 흐릿한 인상의 여성 인물들은 「내 여자의 열매」의 아내를 거쳐 훗날 「채식주의자」의 주인공이자 "세상에서 가장 평범한 여자"(『채식주의자』 9면)인 '영혜'의 모습으로 나타난다. 한강 소설에 등장하는 평범한 여성들은 어디서든 쉽게 마주치는 익숙한 존재처럼 보이지만 실은 통제할 수 없는 급진적인 충동에 사로잡히는 실재의 타자라는 점에서 일종의 격차에 의한 반전을 내포한다. 인물들의 외면적 평범함은 독자의 긴장을 잠시 내려놓게 만들지만 이내 그 평범함을 전복하는 충동의 강렬함을 심상한 외모와의 대비 속에서 압도적으로 감각하게 된다.

서 병원과 의사는 그와 같은 무능력한 상징 질서를 대표한다. 「여수의 사랑」과 「철길을 흐르는 강」『내 여자의 열매』에 등장하는 의사는 환자에게 아무런 도움이 되지 않는 처방을 내리고『채식주의자』에서 영혜를 강제 입원시킨 정신병원 역시 오히려 증상을 악화할 뿐이다. 의학은 가장 발달한 과학적 지식을 집약하고 있다는 점에서 상징계의 합리성을 수호하는 영역으로 여겨지지만 한강의 소설이 그리는 고통은 그 첨단의 합리성이 구축한 세계의 질서를 비웃듯 벗어나 질주한다.

그렇다면 문학의 언어는 어떨까. 문학의 언어 역시 사회의 상징계를 구성하고 있다는 점에서 그 무기력을 일정 부분 공유할 수밖에 없다. 그러나 문학이 굳어진 문법과 상징을 나태하게 반복하는 데 그치지 않고 그 상징을 극한까지 밀어붙임으로써 질서에 균열을 가져올 때, 문학의 언어는 새로운 차원의 감각을 만들어내는 예술의 질료로서 기능할 수 있다. 한강의 시적 언어는 이와 같은 무능력과 가능성 사이를 왕복하는 과정에서 창조된 독특한 예술적 성취라고 할 수 있다.

2. 유목적 충동

세계가 그토록 폭력으로 가득 찬 곳이라면, 그리고 그 고통이 명료한 진단과 처방을 통해 치유할 수 없는 불투명한 것이라면 누구든 폭력의 원천을 벗어나 새로운 곳으로 나아가기를 꿈꾸기 마련이다. 그때 새로운 곳은 다른 공간일 수도 있지만 다른 존재일 수도 있다. 한강의 초기 소설에 지금 이곳을 벗어나 다른 곳 혹은 다른 존재를 꿈꾸는 유토피아적 충동이 강렬하게 드러나는 이유를 여기서 찾을 수 있다. 작가의 초기 소설에서 인간의 내면과 실존은 깊은 상흔을 남긴 폭력에 의해 얼룩져 있으며, 주체는 그 상처와 정면 대결을 통해 자신의 실존을 보존하는 전략을 취하기보다 자신을 옭아매는 현실의 질곡에서 훌쩍 벗어나는 유목적 삶을 갈망한다.

「여수의 사랑」에 등장하는 자흔은 한강의 작품에 나타난 최초의 유목민이다. 자흔은 "제주도만 빼고는 각 도마다 일 년 이상씩"「여수의 사랑」 30면 살아보았을 정도로 정착과는 거리가 먼 인물이다. 오랜 방랑은 그녀에게 이 세계에 속한 것 같지 않다는 신비한 이미지를 아로새긴다. 정선은 처음 자흔을 보며 마치 "천 년이나 이천 년쯤 온 세상을 떠돌아다닌 사람" 같다고 생각하며 어디에도 뿌리내리지 못하고 부초처럼 떠도는 자흔에게는 "미래가 없"「여수의 사랑」 33~34면을 거라 단정 짓는다. 정선의 이런 태도는 내키는 대로 자유롭게 떠나버리는 자흔의 유목적 충동에 의해 자신이 버림받게 될지도 모른다는 사실에 대한 무의식적인 방어기제에 가깝다. 이후 자흔은 자신을 떠나지 말아 달라는 정선의 애원을 가볍게 무시하고 "밑창이 떨어진 단벌 구두를 꿰어 신고, 두 개의 볼썽사나운 여행 가방과 옷 보퉁이를 싸

들고"「여수의 사랑」 62면 홀연히 사라져버리고 만다.

　　자신을 옭아매는 현실에서 훌쩍 벗어나고 싶다는 충동은 「야간열차」『여수의 사랑』와 「내 여자의 열매」에서도 강렬하게 드러난다. 「야간열차」는 주인공 '영현'이 대학 동기 '동걸'에게 들은 태백선 통일호 열차 이야기를 소개하는 장면으로 시작한다. 동걸은 술에 취하면 "진기한 음모라도 털어놓듯이 '청량리역에서 밤 열한 시에 출발하는 기차가 있어'라고 속삭이"「야간열차」 146면며 친구들의 방랑벽을 자극하지만 결정적인 순간에 야간열차에 탑승하지 않는다. 의식불명 상태로 누워 있는 쌍둥이 동생을 돌보아야 한다는 현실적 책임감에 짓눌린 동걸은 언제나 멀리 떠나기를 바라지만 그 이탈의 욕망은 어디까지나 현재를 견디기 위해 끝없이 유예될 수밖에 없는 쓸쓸한 운명일 따름이다. "떠나리라는 것 때문에 동걸은 견딜 수 있었던 것이다. 이 세계에 속하지 않았으므로 그는 강할 수 있었다. 단 한 번의 탈출로 자신의 인생을 완성시켜줄 야간열차가 있으므로 그는 어떤 완성된 인생도 선망할 필요가 없었다."같은 책 175면 이 작품에서는 스스로를 옭아매는 현실의 덫에서 훌쩍 달아나고 싶은 욕망과 그럼에도 마땅히 짊어져야 할 책임 사이의 대립과 갈등이 도드라진다. 하지만 여기서 동걸을 옭아매는 이중 구속의 상황은 동걸의 유목적 충동을 아직 현실 원칙의 굴레 안에 가둬놓는다.

　　「내 여자의 열매」는 그와 같은 유목적 충동의 강렬함이 현실 원칙을 넘어서 주체의 환상적인 변신을 야기한다는 점에서 파격적인 작품이다. 이 소설의 주인공은 결혼하기 전에 "모 아둔 돈을 죄다 털어서 이 나라를 떠날 생각"「내 여자의 열매」 18면 으로 가득 차 있다는 점에서 한강의 초기 소설에 등장하는 유목 적 충동을 대표하는 인물이다. "일단 떠나서 육 개월쯤 한 나라 에 머물다가 다른 나라로 떠나고, 그곳에서 다시 몇 달을 머무 르다가 또 다른 나라로" 떠나는 삶을 살고 싶다는 아내의 말을 화자인 남편은 삶을 여행하듯 즐기고 싶다는 "낭만적인 몽상" 같은 책 18~19면으로 치부해버린다. 이런 남편의 몰이해는 작가 의 초기작에 등장하는 유목적 충동에 대해 제기될 법한 어떤 오 해— 눈앞의 현실에서 도피하고 싶다는 철없는 몽상 정도로 치 부되는— 와도 닿아 있는 것 같다. 하지만 그와 같은 오해는 그 유목의 충동 안에 지금 이곳을 "떠나서 피를 갈고 싶"같은 책 18면 다는 강렬하고 원초적인 욕구가 깃들어 있다는 사실을 애써 무 시할 때만 가능하다. 남편 역시 시종 "나는 평생을 정착하지 않 고 살고 싶어요"같은 책 22면라고 말하는 아내의 욕망을 이해하지 못하는 무력감을 드러낼 뿐이다.

그런데 아내가 식물로 변하는 결말은 언뜻 그녀가 내보 인 강렬한 유목적 충동에 반하는 것 같다. 이동할 수 있는 생물 動物에서 이동 능력을 상실하고 뿌리박은 곳에 고정된 생물植物 로의 변신은 아내가 꿈꾼 자유로운 이동과 탈주의 꿈과 반대되 는 듯 보이기 때문이다. 평생 정착하고 싶지 않다던 아내의 꿈 이 평생 한곳에 뿌리내리고 살아야 하는 식물이 됨으로써 성취

되었다는 사실은 언뜻 모순 같다. 하지만 아내의 바람이 단순히 유랑하며 삶을 흘려보내는 것이 아니라 피를 갈아버리고 싶을 정도로 세계와 자신에 대한 근원적인 부정의 욕망에 입각한 것이라는 점을 떠올릴 필요가 있다. 이때 피를 갈아버린다는 것은 단지 다른 인간으로 존재하고 싶다는 차원을 넘어서는 강렬함을 내포한다. 아내의 식물-되기는 한강의 초기 소설이 내보였던 유목적 충동이 인간 종의 한계마저 벗어나 순수하고 무해한 식물적 삶으로의 변화로까지 급진화되고 있음을 보여준다.

한편 아내의 변신은 현대 도시문명이 인간에게 가하는 소외와 비인간화에 대한 저항의 성격을 지닌다. 아내는 도시문명의 상징인 아파트에 염오감을 드러낸다. "인구 칠십만이 모여 산다는 거기서 천천히 말라 죽을 것 같아. 수백 수천 동 똑같은 건물에, 칸칸마다 똑같은 주방에, 똑같은 천장에, 똑같은 변기, 욕조, 베란다, 엘리베이터도 싫어. 공원도, 놀이터도, 상가도, 횡단보도도 다 싫어. (…) ……시름시름 앓다가 죽어갈 것 같단 말이야. 그 십삼층에서 내려오지 못할 것 같단 말이야. 빠져나올 수 없을 것 같단 말이야."같은 책 17~18면 여기서 아파트는 획일적인 삶을 강제하는 거대한 수용소로 표상되며 인간의 근원적 생명력을 갉아먹는 죽은 물질의 감옥으로 나타난다. 남편이 아파트 베란다 유리문에 서서 창밖을 바라보는 아내의 모습을 보며 "마치 누군가의 투명한 팔이 아내의 어깨를 결박하고 있는 듯이, 보이지 않는 사슬과 묵직한 철구鐵球가 발과 다리를 움쭉달

싹하지 못하게 하고 있는 것"같은 책 19면 같다고 한 것은 그 점에서 정확한 관찰이다.

한강이 1990년대에 등단한 작가라는 점을 떠올려보면 이와 같은 현대 도시문명에 대한 거부감은 독특한 면이 있다. 1990년대는 자본주의적 대중소비문화가 널리 퍼지기 시작한 시기이자 현대성과 도시의 매혹을 재빨리 선점함으로써 새로운 세대의 선두주자로 자리매김하려는 욕망이 넘쳐흐르던 시기였다. 하지만 작가는 그와 같은 시대적 욕망을 정면으로 거스른다. "제가 살아본 도시들 중에는 서울이 제일 정머리 없어요"「여수의 사랑」,『여수의 사랑』 33면라고 말하며 남쪽의 소도시 여수의 개펄에 몸과 영혼을 합일시키려는 충동을 보여주는 「여수의 사랑」의 자흔과 "어딘가 황막하고 버림받은 것 같은 분위기"를 "차라리 친근"「진달래 능선」, 같은 책 230면하게 여기는 「진달래 능선」의 '정환'은 자본주의적 향유에 노출된 도시에 급진적인 거부감을 드러내는 인물군에 속한다. 「어둠의 사육제」『여수의 사랑』에서 아내의 죽음을 대가로 아파트를 '나'에게 무상으로 증여하려 하는 '명환' 역시 도시 중산층의 허위의식에 적대적인 인물이다.

한강이 드러내는 도시(화)에 대한 생래적인 거리감은 『여수의 사랑』 초판 해설자인 김병익으로 하여금 한강의 소설이 "1960년대, 혹은 그 이전의 시대에 속해 있을, 어둡고 간난스럽고 한스러운 세계"[2]를 그려낸다는 판단의 근거가 되기도 했다. 하지만 이 소설집의 개정판 해설을 쓴 강계숙 평론가는 한강의 소설세계가 "1990년대 중반 젊은 시인들의 내면을 차지했던 음울한 집단적 무의식을 연상시킨다"[3]고 말하며 거기서 일종의 동시대성을 발견한다. 이 정당한 평가에 더해 한강의 소설이 1990년대의 음울한 집단적 무의식을 공유하는 차원을 넘어 사물화된 비인간성을 초월하려는 유토피아적 충동을 드러낸다는 점은 특별히 강조될 필요가 있다.

3. 삶의 성스러움

한강은 노벨 문학상 수상 기념 강연에서 『채식주의자』를 쓸 때 자신을 고통스럽게 한 질문이 "한 인간이 완전하게 결백한 존재가 되는 것은 가능한가" "우리는 얼마나 깊게 폭력을 거부할 수 있는가" "그걸 위해 더 이상 인간이라는 종에 속하기를 거부하는 이에게 어떤 일이 일어나는가"였다면 『바람이 분다, 가라』문학과지성사 2010를 쓸 때 "폭력을 거부하기

---

2 김병익 해설 「희망없는 세상을, 고아처럼」, 한강 『여수의 사랑』, 문학과지성사 1995, 307면.

3 강계숙 해설 「'되삶'의 고통과 우울의 내적 형식」, 한강 『여수의 사랑』, 문학과지성사 2018, 305면.

위해 삶과 세계를 거부할 수는 없다. 우리는 결국 식물이 될 수 없다. 그렇다면 어떻게 나아갈 것인가"[4]를 질문했다고 밝힌 바 있다. 앞서 살펴본 식물-되기의 상상력은 분명 흥미롭고 파격적이지만 이와 같은 환상적인 해법을 통해 세계의 폭력에 실존적으로 대응하기 어렵다는 작가의 고뇌를 확인할 수 있는 대목이다.

『바람이 분다, 가라』는 불가해한 타자의 심연이 빚어내는 혼돈 속에서도 끝내 파괴되지 않은 생을 향한 의지를 보여주는 작품이다. 이 소설의 주인공인 '정희'와 '인주'는 중고등학교 시절을 함께 보낸 단짝이다. 시간이 흘러 인주는 화가가 되었고 정희는 희곡 극작을 접고 번역가로서의 삶을 살게 된다. 사건은 어느 겨울 새벽 인주가 교통사고로 사망했다는 비보로 본격적으로 시작된다. 정희는 인주의 죽음을 자살로 단정하고 그녀의 생애를 신화화하는 책을 집필 중인 '석원'에 맞서 인주가 결코 자살하지 않았다는 사실을 입증하려 애쓴다. 인주가 자살하지 않았다는 정희의 믿음은 점차 인주의 죽음이 자살이면 안 된다는 당위로 바뀌어간다. 인주의 죽음이 자살이라면 그 죽음은 정희에게 불가해한 비밀로 남을 수밖에 없고, 정희는 절친한 친구를 죽음으로 몰고 간 이유를 끝내 알지 못했다는 죄책감에서 벗어날 길이 없어지기 때문이다.

---

[4] 한강 『빛과 실』, 문학과지성사 2025, 12~13면.

소설은 인주를 자신의 욕망대로 채색하려는 석원의 광기 어린 집착과 그에 맞서 정희가 지켜내고자 하는 인주의 진실을 단순하게 대립시키지 않는다. 정희는 인주의 죽음을 파고들수록 그녀의 죽음이 자살이 아니라는 자신의 믿음이 흔들리는 곤혹스러움을 마주하는데, 이 과정에서 독자는 어떤 인물이 품고 있는 진실이란 타인의 눈으로 전모를 파악할 수 있을 정도로 간단하지 않다는 사실을 절감하게 된다. 작품에 등장하는 인물들은 다층적인 삼각구도를 맺고 있는데 이 관계의 트라이앵글을 유지하는 척력은 단지 사랑의 힘만이 아니다. 거기에는 동경과 질투, 선망과 애욕, 광기와 집착이 복잡하게 어우러져 있다. 이와 같은 트라이앵글은 두 사람 사이의 전면적인 마주침이 아니라 제삼자를 경유하는 과정을 통해 사태의 다면적인 진실을 제한적으로 드러냄으로써 끝내 알 수 없는 '달의 뒷면'과 같은 비밀을 보존한다.

이 작품에서 한강은 너무나 막막해서 그 끝과 시작을 인식하기가 불가능해 보이지만 동시에 유한한 한계를 가진 우주를 우리가 살고 있는 세계에 대한 물리적 비유로 선택한다. "비록 우주 공간이 무한하다 해도, 우주의 나이가 유한하기 때문에 우리가 볼 수 있는 우주도 유한하다."『바람이 분다, 가라』 61면 무한성 속의 유한성은 인식의 한계이자 동시에 조건이 된다. "시간까지 모두 한꺼번에 볼 수 있는 눈이 있다면 이 세상은…… 한 점"같은 책 62면으로 파악될 수 있겠으나 그와 같은 인식을 가능하게 하는 시선이 존재한다면 그건 더는 인간에게 속한 것이 아니리라.

인간의 세계를 온전하게 인식하고 해석할 수 없다는 필연적인 불완전성은 한강의 초기 작품에서 인간을 할퀴고 옥죄는 폭력의 조건으로 등장했지만 『바람이 분다, 가라』에서는 타인의 비밀과 진실이 비로소 보존될 수 있는 가능 조건으로 나타난다. 물론 이 작품에도 "끈적이는 슬픔으로 얼룩진 덩어리"^{같은 책 140면}로 인한 알 수 없는 격렬한 통증이 등장한다. 하지만 그 슬픔과 통증은 실존의 보편적 조건으로 제시되기보다 인식과 이해, 사랑과 진실을 더듬어가는 과정에서 인간이 치러야 할 구체적인 대가에 가깝다.

이 소설에는 천체물리학에 관련한 정보와 지식이 자주 등장한다. 광대무변한 우주에 대한 경이로운 서술들은 인간의 삶을 사소하고 덧없게 만드는 초월적인 힘을 발휘하지 않는다. 그것은 인간의 삶이 그토록 경이로운 우주의 한 부분임을 일러주며 그러므로 "나의 몸과 그의 몸이 같은 물질, 같은 알갱이들로 이루어져 있다는 사실"이 그 자체로 신비로운 "기적"^{같은 책 62면}임을 깨닫게 만든다. 이를 통해 초월적인 우주는 우리가 살아가는 구체적 생활세계의 물리적 본질과 통하게 된다. 이 과정에서 삶은 모종의 "성스러움"의 외피를 두르지만 그것은 종교적 초월이나 신비주의와 무관하다.

인파에 떠밀려 지하철을 탈 때, 혼잡한 환승 구간을 어깨로 헤치며 나아갈 때, 매표구 앞에서 길고 무질서한 줄이 줄어들기를 기다릴 때 난 성스러움을 느껴 (…) 예배당도 고적한 기도처도 아니고…… 너덜너덜 찢어진 이 삶 한가운데서.같은 책 151면

이 작품을 쓰면서 한강이 품은 질문은 "너덜너덜 찢어진 이 삶 한가운데서" 어떻게 굴하지 않고 나아갈 것인가 하는 물음과 통하며 이는 곧 우리가 살아가는 삶의 '성스러움'을 어떻게 끌어안을 것인가 하는 물음과도 연결된다.

4. 인간의 조건

인간을 고통에 빠뜨리는 세계의 근원적이고 추상적인 폭력에 대한 한강의 소설적 탐구는 『채식주의자』 연작에 이르러 한국의 역사적 가부장제의 폭력으로 구체화되며 이후 『소년이 온다』와 『작별하지 않는다』를 통해 잔혹한 국가 폭력에 대한 비판과 애도 작업으로 번져나간다. 이 작품들을 거치면서 작가의 문학적 관심은 인간이라는 종이 역사의 면면에 새겨 넣은 잔혹한 폭력을 내재적으로 탐문하는 깊이 있는 시선으로 향한다.

그 출발점에 위치한 작품은 광주 민주화운동에 대한 문학적 형상화를 시도한 『소년이 온다』이다. 이 작품에는 마지막까지 항쟁의 의지를 불사르며 도청에 남았다가 계엄군에 체포되어 모진 고문을 받았던 남자가 등장한다. 고문을 받으며 육체적·심리적으로 돌이킬 수 없는 손상을 입은 남자는 자신을 인터뷰한 내용으로 논문을 쓰고 있는 사람에게 거꾸로 다음과 같은 질문을 던진다. "그러니까 인간은, 근본적으로 잔인한 존재인 것입니까? 우리들은 단지 보편적인 경험을 한 것뿐입니까? 우리는 존엄하다는 착각 속에 살고 있을 뿐, 언제든 아무것도 아닌 것, 벌레, 짐승, 고름과 진물의 덩어리로 변할 수 있는 겁니까? 굴욕당하고 훼손되고 살해되는 것, 그것이 역사 속에서 증명된 인간의 본질입니까?"『소년이 온다』 134면

남자의 말처럼 인간의 본질은 단지 "벌레, 짐승, 고름과 진물의 덩어리"에 불과한 걸까. 남자는 자신을 비롯한 인간들이 그처럼 바닥없는 심연으로 고꾸라지는 장면을 실제로 목격했다. 하지만 동시에 스스로의 존엄을 수호하기 위해 목숨을 거는 것도 바로 사람이다. 인간을 오물처럼 바닥에 짓이기는 것도 인간이고 그런 폭력과 손상에도 불구하고 삶을 이어가는 것도 인간인 것이다. 한강은 인간이란 그 화해할 수 없는 간극을 어지럽게 품고 있는 모순적 존재라는 점을 고통스럽게 드러낸다. 작가는 『소년이 온다』의 에필로그에 "광주는 고립된 것, 힘으로 짓밟힌 것, 훼손된 것, 훼손되지 말았어야 했던 것의 다른 이름"같

은 책 207면이라고 썼지만 일방적인 희생의 이미지로 그 훼손을 채색하지 않는다. 마지막까지 도청을 사수했던, 어쩌면 최후의 희생자처럼 보이는 그들은 "희생자가 되기를 원하지 않았기 때문에 거기 남았"같은 책 213면던 사람들이라는 사실을 작가는 담담하게 알려준다. 처참한 희생과 숭고한 항쟁 사이의 거리는 앞서 지시한 인간 종의 모순을 다른 방식으로 드러내는 듯 보인다.

한강은 인간을 둘러싼 이와 같은 모순을 합리적이고 이성적인 언어의 탑을 통해 해부하지 않는다. 모순이 모순인 이유가 합리적인 논리의 법칙을 벗어나 있기 때문이라는 점을 생각해보면 충분히 이해할 수 있는 일이다. 제주 4·3 사건의 고통과 트라우마를 시적 문체로 그려낸 『작별하지 않는다』에서 작가는 학살이 일어난 원인을 정치적이고 역사적으로 분석하기에 앞서 개별 인간이 맞닥뜨렸던 고통에 대한 상상을 요청한다. "총에 맞고,/몽둥이에 맞고,/칼에 베여 죽은 사람들 말이야./얼마나 아팠을까?"『작별하지 않는다』 57면 타인의 고통을 상상하는 능력이 인간들 사이에 이념을 뛰어넘은 연대를 만든다고 말했던 사람은 미국의 철학자 리처드 로티Richard Rorty였다. 한강의 소설은 초기에는 불가해한 충동을 지닌 내적인 고통에 다가서려 했으며 이후에는 인간이 만들어낸 가공할 폭력에 의해 훼손된 인간의 고통을 상상하기를 요구한다.

흙이 들어간 오른쪽 눈이 쓰라리다. 이 모든 통각들이 너무 허약하다고, 당신은 수차례 두 눈을 깜빡이며 생각한다. 지금 당신이 겪는 어떤 것으로부터도 회복되지 않게 해달라고, 차가운 흙이 더 차가워져 얼굴과 온몸이 딱딱하게 얼어붙게 해달라고, 제발 다시 이곳에서 몸을 일으키지 않게 해달라고, 당신은 누구를 향한 것도 아닌 기도를 입속으로 중얼거리고, 또 중얼거린다.「회복하는 인간」, 『노랑무늬영원』 64~65면

언니의 죽음에 죄책감을 느끼는 「회복하는 인간」의 화자는 자전거를 타다 넘어져 천변에 고꾸라진 뒤 자해적인 기도를 읊조린다. 이 대목에서 눈길을 사로잡는 것은 "이 모든 통각들이 너무 허약하다"라는 문장이다. 작가는 마치 자신이 고통스럽게 쌓아올린 통각의 언어들조차 실제로 인간이 당한 폭력과 훼손을 증언하기에는 너무나 허약하고 불완전할 수밖에 없다고 말하는 듯하다. 하지만 여기에는 허약한 통각으로는 결코 회복에 이를 수 없으며, 회복하기 위해서라도 과거의 상흔을 마주보고 그 고통을 회피하지 말아야 한다는 전언이 동시에 깃들어 있다.

한강의 작품이 인간과 세계의 실존적 고통을 섬세한 시적 언어로 표현한다는 평가는 정당하지만 거기에는 그 고통에 직면한 우리의 책임을 심문하는 윤리적 계기가 강렬하게 포함되어 있음을 기억해야 한다. 한강의 노벨 문학상 수상을 계기로 우리는, 그리고 전세계 독자들은 여전한 전쟁의 참화와 일상적

인 폭력 속에서 비로소 자신의 책임을 돌아보는 소중한 기회를 맞게 되었다. 작가의 수상은 아낌없는 축하를 보내 마땅한 일이지만 동시에 우리에게 가볍지 않은 책임을 부과하는 일이기도 하다. 그 책임을 감당하는 것은 시대를 살아가는 우리 모두의 몫이며 한국 작가 최초의 노벨 문학상 수상이라는 역사적 의미는 우리가 함께 만들어갈 인간의 미래를 통해 결정될 것이다.

겹쳐지고 얽혀드는
사랑의 이야기

『희랍어 시간』과 『흰』이 사랑을 꿰어내는 법

전기화

田己和 문학평론가, 경기대 국어국문학과 교수. 주요 평론으로 「(비)인간의 자리로부터」「미래를 짓는 애도의 서사」 등이 있음.

첫 소설부터 최근의 소설까지, 어쩌면 내 모든 질문들의 가장 깊은 겹은 언제나 사랑을 향하고 있었던 것 아닐까? 그것이 내 삶의 가장 오래고 근원적인 배음이었던 것은 아닐까?[1]

2024년 노벨 문학상 수상 기념 강연을 시작하며, 한강 작가는 이삿짐을 정리하다 우연히 발견했던 책 이야기를 꺼낸다. 1979년 스스로 쓴 여덟편의 시를 엮어 만든 소시집에서 작가의 눈을 사로잡은 것은 이러한 구절이었다. *"사랑이란 어디 있을까?/팔딱팔딱 뛰는 나의 가슴 속에 있지.//사랑이란 무얼까?/우리의 가슴과 가슴 사이를 연결해주는 금실이지."*[2]

여덟살의 한강이 던졌던 사랑에 관한 질문은, 작가의 문학적 궤도를 한땀 한땀 엮어내는 금실 같은 문장들을 통해 한강

---

[1] 한강 『빛과 실』, 문학과지성사 2025, 28~29면.
[2] 같은 책 10면.

문학을 관통하는 핵심적인 질문으로 꿰어진다. 강연의 후반부에 이르러 가슴과 가슴을 연결하는 금실은 사람과 사람을 잇는 언어로 재해석되며, 작가가 소설을 통해 밀고 나가려 애썼던 질문들은 언어를 타고 흘러 미지의 독자들과 연결되면서 예측할 수 없을 만큼 멀리 여행하게 된다. 그렇다면 이제 '사랑'은 어디에 있는 것일까? 아마도 그곳은 심장과 같은 '개인적인 장소'보다는 조금쯤 모호한 어딘가의 사이, 이를테면 문장 안에 생생한 감각을 불어넣으려는 한 쪽의 움직임과 그것과 접속하려 애쓰는 다른 쪽의 움직임이 시차를 두고 겹쳐지는 어딘가에서 매번 새롭게 창안되는 장소에 가까울 듯하다.

끊임없이 움직이며 갱신되는 사랑의 장소를 사유하는 데 있어 『희랍어 시간』문학동네 2011과 『흰』난다 2016, 개정판 문학동네 2018은 중요한 매개가 된다. 두 작품은 한강 문학이 포착해내는 생의 진실, 말하자면 절대 공존할 수 없는 듯 보이는 것들이 함께 깃들어 구성하는 인간세계의 비의秘義를 문학적으로 체험하게 한다. 또한 한강 문학의 주요한 화두 중 하나인 '지극한 사랑'에 관한 정교하고도 미학적인 탐구를 제각각의 방식으로 형식화하고 있기도 하다. 그 형식을 좀더 세심하게 들여다봄으로써 언뜻 잔잔해 보이는 이들 작품에 깃든 역동성과 절절한 뜨거움을 감지한다면, 한강 문학에 언제나 배음처럼 깔린 사랑에 관한 질문을 좀더 가까이 매만져볼 수도 있을 것이다.[3]

1. 교차하는 이야기의 포옹:
   『희랍어 시간』

『희랍어 시간』은 무언가를 잃어가는 두 사람의 만남을 다룬다. 우선 소설 속 남자는 오랜 시간을 두고 시력을 잃고 있다. 열다섯살에 독일로 이민을 간 남자는 열일곱의 나이에, 자신이 마흔살 즈음엔 실명하게 될 것이라는 진단을 듣는다. 이후 한국으로 돌아와 희랍어를 가르치며 살아가고 있는 그는 이제 마흔을 앞두고 있다. 한편 여자는 말을 잃어버린 상태다. 여자는 열일곱살이 되던 해 언어를 잃어버렸다가 우연히 불어라는 낯선 외국어를 통해 언어를 되찾았던 경험이 있다. 시간이 흘러 20년 만에 다시금 찾아온 침묵 앞에서, 이번에는 자신의 의지로 언어를 되찾으려 한다. 그리고 희랍어를 배우러 향한 사설 아카데미에서 남자를 만난다.

소설은 총 22개의 장으로 구성되어 있다. 1장에서 시작해 21개의 장을 거쳐 0장으로 마무리되는 이 원환적 구조에서 먼저 도드라지는 것은, 서사의 초점이 맞추어지는 인물이 거듭 전환된다는 점이다. 크게 보자면 소설은 남자와 여자의 이야기

3 이 글에서 『희랍어 시간』과 『흰』을 인용하는 경우 본문에 면수만 표기한다. 『흰』의 경우 개정판을 참고했다.

가 교차되며 전개된다. 초반부에 그 교차는 장의 전환 지점마다 규칙적으로 일어나는 듯 보인다. 그러나 점차 여자 혹은 남자의 이야기가 장의 경계를 넘어서며 이어진다. 소설 초반 희랍어 강좌라는 특정한 시공간에 함께 잠시 머무를 뿐 어떠한 접점도 없어 보이던 두 사람의 이야기는 소설의 끝에 이르면 완전히 다른 형태로 얽혀든다.

좀더 세밀하게 들여다보면, 교차하며 엮이는 두 사람의 이야기가 지닌 미묘한 형식적 차이를 통해 독특한 짜임이 만들어지고 있음을 알 수 있다. 우선 남자의 이야기는 대체로 1인칭 서술자 '나'를 통해 남자 자신에게서 흘러나온다. 소설에는 남자의 편지가 세통 삽입되어 있기도 한데, 이 편지들은 남자와 수신인과의 관계만큼이나 남자에 관한 많은 것을, 그의 과거와 그것에 대한 현재의 해석이라든가, 그가 상대에게 입혔던 상처와 상대로부터 입었던 상처 같은 것들을 비춰 보여준다. 예컨대 9장 「어스름」에서 남자가 여동생 '란'에게 보내는 편지에서는 어떤 순간 그가 여동생 앞에서 느꼈던 절망과 그가 여동생에게 주었을 무력감이 나란히 배치되며, 그가 독일의 가족을 떠나 홀로 한국으로 들어온 이후 살아가고 있는 삶에 관한 뜻밖의 진실이 드러나기도 한다. 이러한 편지들은 편지로서의 실제적 기능을 수행한다기보다는, 지극히 사적이면서도 절대적인 고백의 형식으로 남자의 내면을 들여다볼 수 있는 창에 가깝다.

한편 여자의 이야기는 대체로 3인칭 서술자를 통해 '그녀'의 이야기로서 서술된다. 소설 속 여자가 목소리를 내지 못하는 상황이라는 점을 고려했을 때 1인칭 '나'를 통한 서술을 배제한 것은 필연적인 선택처럼 보이기도 한다. 유독 남자에게만 1인칭 시점의 서술이 부여된다는 점에서 남자가 소설의 핵심적인 인물이라고 보는 견해도 있지만,[4] 1인칭 서술을 경유하지 않더라도 『희랍어 시간』에서 여자의 존재감은 결코 왜소하지 않다. 이는 단지 분량의 문제라기보다는 소설이 그녀의 이야기를 풀어내는 형식과 긴밀하게 연관된다.

이를테면 여자에게 초점을 맞추어 진행되는 이야기에서는 종종 희랍어 강의 시간에 남자가 하는 말이 길게 인용되곤 한다. 그 말들은 분명 남자의 입에서 흘러나왔지만, 그것을 듣는 여자의 감각을 통과해 인지되는 형태로 품어진다. 즉 남자의 말들을 여자의 이야기가 안아내는 형태로써 구현되는 것이다. 무엇보다 남자를 바라보는 여자는, 그가 누군가에게 말을 걸 때 짓는 특유의 표정, 겸손하게 동의를 구하는 듯하지만 미묘한 슬픔이 어린 듯한 그 표정의 겹겹의 결을 읽어낼 만큼 섬세한 감수感受 능력을 지니고 있다. 말을 잃기 전에도 그녀가 시선을 "즉각적이고 직관적인 접촉의 방법"55면이라고 생각해왔음을 고려하면, 소설에서 그려지는 그녀의 집요하고도 세밀한 시선

---

4 양현진 「한강 소설의 촉각적 세계 인식과 소통의 감수성」, 『한국문학이론과 비평』 70권, 2016, 40면.

은 그 자체로 무언가와 접촉하는 현장이다.

이렇듯 여자의 감각을 전면화하고 그것을 세밀하게 좇아가는 서술을 통해, 소설은 그녀가 언어를 잃게 된 까닭을 그 자체로 납득시키는 듯도 하다. 두번째로 찾아온 그녀의 실어에 관하여 심리치료사는 어머니의 죽음이나 이혼, 세차례 소송 끝에 아이의 양육권을 잃게 된 사건 등을 자명한 원인인 양 진단한다. 그러나 그녀는 "그것에는 어떤 원인도, 전조도 없었다"12면고 생각할 뿐이다. 기실 이 소설이 여자에게 초점화한 서술로써 천천히 힘을 주어 그려내는 것은, 그녀의 실어가 원인의 진단과 처방을 통한 해결로 곧장 이어지는 간단한 문제일 수 없다는 사실이다. *"화해할 수 없는 것들이 모든 곳에 있었다"*166면는 문장이 누설하듯, 그녀에게 실어란 세계와 불화하는 과정이자 불화의 결과 그 자체에 가깝다. 언어가 인간과 세계를 연결하는 주요한 통로라는 점을 고려할 때, 실어는 그녀와 세계를 이어주던 그 통로가 너덜너덜해지고 거의 끊어진 탓에, 그리고 그녀 자신이 혀와 펜으로서 그것을 닳아 해지게 만드는 일에 오래도록 가담해왔음을 누구보다 잘 알고 있는 탓에 세계와 그녀 사이에서 발생해버린 파열음의 일종이라 할 수 있다. 그렇다면 실어란 세계와의 불화를 무시하지 못할 만큼 섬세한 감수성을 지닌 자가 기꺼이 자신의 책임을 감당하려 애쓰는 필연적 몸부림이라고 해석할 수도 있으리라.

이렇듯 제각각의 형식으로 개별적으로 전개되는 듯한 두

사람의 이야기는 어떻게 얽혀드는가? 『희랍어 시간』의 후반부에 이르면 일견 엄격하게 분리되어 진행되는 듯 보이던 두 이야기 간의 경계가 허물어지기 시작한다. 특히 학원 건물 안으로 들어온 새를 두 사람이 약간의 시차를 두고 발견하게 되는 사건은 두 이야기가 한데 겹치기 시작하는 기점이다. 남자는 새를 구하러 향한 지하 계단에서 크게 넘어져 다친 뒤 공포와 당혹감을 감추지 못한다. 여자는 그런 남자의 손을 끌어다 잡고 그의 손바닥에 떨리는 손가락으로 글씨를 쓰며 그를 안심시키려 한다. 손가락과 손바닥의 접촉면에서 발생하는 그 부드러운 움직임을 통해 그녀가 세계와 맺는 통로는 뜻밖의 방식으로, 어떤 면에서는 불가피하게 재건되는 듯 보이기도 한다. 무엇보다 이 지점부터 "상처 입기 쉬운 곳으로 가득한 인간의 몸"123면들의 맞닿음은 분명하게 이야기의 형식을 체현한다. '여자의 이야기'와 '남자의 이야기'는, 이제 '여자와 남자의 이야기'가 되어가는 것이다.

　　이후 그들이 남자의 집에 이르러 대화를 주고받는 장면에서, 대화를 이어가는 이는 일방적으로 남자처럼 보이지만 사실은 여자야말로 두 사람의 대화를 가능하게끔 만드는 존재다. 그녀는 남자의 영혼을 주의 깊게 살피며, 말을 하지 않으면서도 마치 화음을 쌓듯 그의 말 사이사이에 기척을 내면서 대화를 이어나간다. 마침내 긴긴 대화 끝에 포옹에 이르는 두 사람의 모습을 소설은 완전한 합일이나 온전한 이해에의 도달인 양 그려

내지 않는다. 여자를 안은 채로도, 남자는 그녀에 대해 모르는 것투성이다. 감히 당신을 이해한다는 오만을 접어둔 채 남자는 눈을 감고 여자의 얼굴 곳곳에 자신의 뺨을 가져다 맞비비며 다만 겸허하게 헤맬 뿐이다. 그러니 포옹은 이들 대화의 또다른 형식이자 과정에 불과하다.

눈을 감고 조용히 서로를 끌어안는 두 사람의 모습은, 빛도 소리도 없는 깊은 바다 아래 숲에 누운 두 연인을 연상시킨다. 그러나 결국 남자와 여자는 눈을 뜨고 소리를 내면서 불완전한 생을 살아내야 하기에 '심해의 숲'에 영원히 머무를 수만은 없다. 그 막막함 앞에서 남자는 이렇게 말한다.

두려웠어요.

두렵지 않았어요.

울음을 터뜨리고 싶었어요.

울음을 터뜨리고 싶지 않았어요.189면

나란히 배치된 문장들은 "성립 불가능한 오류"43면처럼 보인다. 그러나 동시에 참이 될 수 없는 문장들의 양립을 통해

서만 비로소 포착될 수 있는 것, 논리로 말끔히 포획할 수 없는 불완전한 모순이야말로 한강의 문학이 그려내는 인간 존재의 진실이다. 그 진실이란 두 사람의 포옹을 그리는 20장의 마지막, "맞닿은 심장들, 맞닿은 입술들이 영원히 어긋난다"184면는 문장에서도 발견되는 종류의 것이다. "*선하고 슬퍼하는 신*"43면의 가호 아래 오목하고도 부드러운 인간의 신체가 서로를 더듬으며 포개어지는 순간 차오르는 사랑은 순식간에 두려움으로 기울어질 수도 있다.[5] 심해에 잠긴 몸들은 이내 떠오를 것이며 붙어 있던 몸들은 결국 떨어져나갈 것이기 때문이다. 그러나 바꾸어 말하자면 사랑이란 영원히 어긋나는 움직임 속에서도 기어코 맞닿아 있던 찰나를 포기하지 않는 것, 그 자그마한 맞닿음을 무시하고 지우는 데 결연히 반대하는 것이다. 그렇기에 사랑은 두려움을 불러오지만, 두려움은 용기를 불러일으킨다. 그

---

[5] 『희랍어 시간』 속 남자와 여자의 관계에 관해서는 다양한 해석이 가능하다. 이를테면 이들의 관계를 '무신론자가 발명한 사랑'으로 개념화한 강지희 평론가의 견해와 달리, 최다영 평론가는 두 사람을 강하게 연결하는 것은 '슬픔이라는 신성'이기에 이들의 관계를 사랑이라고 일컫기는 주저된다고 언급하였다(강지희 「연하지만 끈덕지게, 빛을 향하여」, 『한겨레21』 2024.10.17; 최다영 「침묵의 숲」, 강경희 외 『한강을 읽는다』, 애플씨드 2025). 실제로 이 작품에서 두 인물이 형성하는 관계는 통념적인 사랑의 상과 그다지 부합하지 않으며, 이들이 각자의 감정을 사랑이라고 언어화하는 장면이 나타나지도 않는다. 그러나 사랑에 다양한 국면이 존재한다면, 연약한 두 존재가 서로를 어루만지며 헤매는 관계 또한 사랑의 한 빛깔로 해석할 수 있다. 이 글은 이들의 사랑이 통념적인 사랑의 상을 비껴가는 지점, 특히 "맞닿은 심장들, 맞닿은 입술들이 영원히 어긋난다"는 소설 속 문장을 『희랍어 시간』이 제시하는 사랑에 관한 이해로서 해석해보고자 한다.

러니 소설의 마지막 장에 이르러 여자가 처음으로 1인칭 화자 '나'의 목소리로 앞선 2장 「침묵」을 다시 써내려가는 것은 필연적인지도 모른다.

여기에서 여자는 2장에서와 마찬가지로 가슴 앞에 두 손을 모으고 눈꺼풀을 떨고 있다. 그러나 이제 그녀는 "*끈질기게, 더 깊게 숨을 들이마셨다 내쉰다.*" 그리고 입술을 열어 첫음절을 발음하며 "*힘주어 눈을 감았다 뜬다./눈을 뜨면 모든 것이 사라져 있을 것을 각오하듯이.*"191면 이로써 여자의 이야기는 앞선 장면을 똑같이 반복하며 환環을 닫고 폐색하는 대신, 미세하게 각도를 틀며 나선형으로 휘어진다. 이것은 여자가 실어를 극복했다거나 마침내 세계와의 화해에 도달했다는 의미는 아니다. 남자에게 실명이 언젠가 닥쳐올 현실이듯 여자 역시 언제고 다시 실어에 잠식될 수 있다. 그러나 이제 두 사람은 어둠과 침묵을 부정하지 않고서도 빛과 언어를 껴안을 수 있다. 아니, 어둠과 침묵을 부정하지 않기 때문에 빛과 언어를 껴안을 수 있다. 불완전한 채로도, 아니, 불완전하기 때문에 서로가 서로에게 포개어질 수 있었던 것처럼.

이제 여자의 벌어진 입술 사이로 흘러나오는 첫음절은 어떠한 단어로 완성되어 어떠한 단어들과 연결될 것인가? 소설에서 그녀의 말은 구체적으로 제시되지 않는다.[6] 소설이 담아낼

---

6 문학평론가 권희철은 소설의 마지막 장면에서 여자가 발음한 것이 '숲'이라

수 있는 것은 다만 그녀가 아슬아슬하게 입술을 여는 순간까지만인 것처럼, 첫음절의 발화 순간 소설은 끝에 이를 따름이다. 닫혀 있던 입술이 떨어진 '그다음'에 대해서는 침묵한 채 영원한 파동 속에서 이야기를 끝맺는 선택은 조용하고도 단호하다. 이야기의 끝에 이르러 시작과는 완벽하게 달라진 두 사람의 변모나 연인의 희망찬 미래 같은 것을 확언하기는 어렵다. 분명한 변화를 확인하고픈 독자에게 『희랍어 시간』의 끝은 일견 고요하고 심심하게 보일지도 모른다. 그러나 이 고요함에 서려 있는 역동성을 감지한다면 이 끝이 얼마나 뜨거운지 느낄 수 있을 것이다. 빠른 뒤치락거림, 맞비비는 곤충의 겹날개와 같은 떨림, 들이마심과 내쉼, 그리고 모든 것의 사라짐마저 각오하는 듯 온 힘으로 첫음절을 내뱉는 결기. 이 모든 격렬한 움직임을 동반하며 여자의 부드러운 입술이 열린 순간 이르게 되는 소설의 마지막에서, 첫음절의 떨리는 파동은 영원히 진동하며 퍼져나가는 중이기 때문이다.

고 제시하였다(권희철 해설 「우리가 인간이라는 사실과 싸우는 일은 어떻게 가능한가?」, 한강 『흰』 156면). 실제로 21장 「심해의 숲」에서는 여자가 손가락으로 남자의 어깨 위에 숲이라는 글자를 쓰는 장면 이후로 남자의 얼굴을 껴안으며 "처음으로,//거품처럼 가냘프게. 둥글게"(188면) 작은 소리를 내는 장면이 나타난다. 숲이라는 단어가 작품 초반부터 여자가 가장 아끼던 낱말로 제시된다는 점까지 고려하면 여자가 내뱉은 소리를 숲이라고 해석하는 것도 가능하겠지만, 이 글에서는 소설 마지막 장의 서술 자체에 초점을 맞춰 여자의 말을 미정과 미완의 상태로서 해석해보고자 한다.

2. 겹쳐지는 숨결의 이야기:
『흰』

　　　　고요해 보이는 것이 품고 있는 역동성에 관해서라면 『흰』을 함께 읽지 않을 수 없다. 이 소설에서는 함께 존재할 수 없는 두 존재가 서로에게 숨결을 내어주며 이야기를 움직이기에, 그러한 이야기가 가능하게끔 추동해낸 사랑의 힘에 대해 생각하게 된다. 그리고 그 사랑을 소설의 형식으로 체화하고 있는 만큼, 『흰』은 『희랍어 시간』과 더불어 한강 소설의 정교함을 생각하기에 적합한 텍스트이다.

　　　　'흰 것'에 관한 65개의 짧은 이야기가 묶여 구성된 이 책은 얼핏 깨끗하고 단정한 이야기들의 모음집처럼 보인다. 가장 앞머리에 실린 글에서 드러나듯, 소설 속 '나' 역시 처음에는 이 책을 쓰는 과정이 환부에 바르는 흰 연고, 혹은 환부를 덮는 흰 거즈 같은 것이 되어주리라 기대하지만 이내 깨닫게 된다. "어딘가로 숨는다는 건 어차피 가능한 일이 아니었다는 것을."10면 이어서 '나'는 "시시각각 갱신되는 투명한 벼랑의 가장자리"11면에서 아슬아슬하게 한 발을 디디고, 의지가 개입할 겨를 없이 다시 한 발을 허공으로 내디디며 걸음을 뗄 수밖에 없다고 말한다. 그것은 특별히 용감해서 내리는 선택이라기보다는 단지 "그것밖엔 방법이 없기 때문에"같은 면 일어나는 불가피한 행위이

다. 가파른 벼랑 끝에서 발걸음을 내딛는 인간의 형상은『희랍
어 시간』마지막 장면 속 온 힘을 다해 입술을 떼는 여자를 떠올
리게 한다. 그것은 삶에 관한 하나의 절대적 알레고리처럼 보이
기도 한다. 다만『흰』이 자전적 성격이 강한 작품임을 고려했을
때 발걸음에 대한 비유는 작가의 창작론으로 읽어볼 수 있다.[7]
즉 '흰 것'에 대해 쓰는 이 작업은 특정한 의도를 관철하려는 통
제에의 감각을 포기한 위에서 이루어진 작업이었으며, 그것이
'나'의 무엇을 어떻게 변화시킬지 모르는 채 다소 위태롭고도
무모하게 미지를 향해 이끌리듯 걸어 들어가는 과정이었다는
것이다.

실제로『흰』은 그러한 '무모함'에 기대어 비로소 가능해
지는 책이다. 이 책은 '나'의 삶을 죽은 언니에게 빌려주고 싶다
는, 태어난 지 두시간 만에 죽은 언니-아기-그녀에게 내어주고
싶다는 무모한 열망과 설명하기 어려운 기이한 사랑을 소설의
구조와 수사로써 실험하고 구현해내는 방식으로 짜여 있기 때
문이다. 마치 명상록을 뒤적이듯 책의 아무 페이지나 펼쳐 읽는
것은『흰』에 관하여 애용되는 독법이기는 하지만, 이 책의 장절

---

7 2018년 개정판 '작가의 말'에서 작가는 2016년『흰』의 초판이 출간되던 당
시 이 책 전체가 작가의 말이기에 별도의 '작가의 말'을 쓰지 않겠다고 답했
다는 일화를 밝힌다. 작가가 여러차례 언급하였고 실제로 소설의 내용을 통
해서도 확인할 수 있듯『흰』은 자전적 요소가 강한 소설이며, 소설 속 '나'는
작가 한강과 어느 정도 겹쳐 있다. 이 책의 자전소설적 성격과 관련하여서는
허희「사랑을 되풀이하는 몸말」, 강경희 외, 앞의 책을 참고할 수 있다.

배치는 매우 섬세하게 설계된 쪽에 가깝다. 그렇기에 소설의 전체적 구성을 의식하고 읽어나간다면 이 책이 담고 있는 소설로서의 서사성은 물론 무모한 사랑의 실체를 체험할 수도 있다.

소설은 3개의 장으로 이루어져 있다. 1장 '나'에 실린 이야기는 2장 '그녀'의 이야기로 흘러가다가 3장 '모든 흰'으로 모여든다. 우선 1장의 「문」은 '나'가 세 들어 살기 시작한 301호 방과 문을 흰 페인트로 칠하는 이야기이다. '나'에 의해 하얗게 칠해지는 이 '공간'에 대한 이야기는, 갓 태어난 아이가 소스라칠 만큼 드넓은 공간을 제한하기 위해 감싸는 '강보'에 대한 이야기로, 그리고 이 '갓난아이'에 대한 이야기는 어머니가 낳은지 두시간 만에 세상을 떠난 첫 아이의 '배내옷' 이야기로 이어진다. 이렇듯 이야기들은 과도한 연결성을 표명하지 않으면서 성글고 부드럽게 짜여나간다. 그 연결은 인과적이기보다는 연상적인 것으로, 이야기 간의 경계를 헝클이며 섞여드는 움직임을 떠올리게 한다.

그러한 움직임은 '나'가 걷고 있는 바르샤바라는 흰 도시의 특성과도 연관된다. 폴란드 바르샤바는 2차대전 당시 유럽에서 유일하게 나치에 저항하여 봉기를 일으켜 한달 동안 시민자치가 이루어진 도시이자, 공습으로 모든 것이 파괴되었던 흔적을 도시 곳곳에 간직하고 있는 곳이다.[8] 오래된 것과 새것, 파

224　　　　제3부

괴와 복원, 과거와 현재 등 대립적으로 보이는 것들이 뒤엉켜 이상한 무늬를 이루며 기묘하게 공존하는 이 도시의 역사성은 갖가지 경계를 흐리게 한다. 그러므로 이 도시의 유대인 게토에서 죽은 친형의 혼과 함께 살고 있다고 주장하는 한 남자의 이야기를 읽은 '나'가 태어난 지 두시간이 채 안 되어 세상을 떠난 자신의 언니를 떠올리고, 그녀가 '나'를 대신하여 "이상하리만큼 친숙한, 자신의 삶과 죽음을 닮은 도시"37면로 왔다고 상상하는 것은 어쩌면 자연스러운지도 모른다.

그렇게 이어지는 1장 후반부의 「젖」「그녀」「초」는 2장에서 그녀의 이야기가 펼쳐질 수 있게끔 그녀를 불러들이는 초혼의 역할을 하는 듯 읽힌다. 이미 돌이킬 수 없는 과거의 일이기에 다르게 쓸 여지조차 없어 보이던 기억 곁으로 하나의 가능한 이야기가 새롭게 쓰여 갈라져나간다. 즉, 기억 속 아기는 태어나자마자 짧은 생애를 마감하지만, 새롭게 쓰이는 이야기 속 아기는 죽음을 등지고 삶으로 나아간다. 그렇게 살아남은 그녀의 감각을 좇는 글쓰기가 실험되는 가운데, '나'의 존재감은 조금씩 옅어지고 산 자와 죽은 자의 경계는 점점 희미해진다. 감

2014)에서 다룬 광주와도 매우 닮아 있다. '작가의 말'에서 작가가 분명하게 작품들 사이의 연결성을 밝히듯이,『흰』에서 반복되는 '죽지 마라 제발'이라는 어머니의 말은『소년이 온다』와 겹쳐 읽지 않을 수 없다. 이외에도『흰』에 실린 「흰 도시」「빛이 있는 쪽」「넋」 등의 이야기는 전작『소년이 온다』는 물론 이어지는 작품『작별하지 않는다』(문학동네 2021)와 연결하여 읽어볼 수 있다.

히 그녀를 받아써도 되는지 스스로를 검열하던 마음을 뒤로하고 마침내 *"이제 당신에게 내가 흰 것을 줄게"*39면라고 말하는 순간, '나'와 그녀는 생과 사의 경계를 흐르듯 타고 넘는다.

　　이어지는 2장은 그녀가 정말로 '나'를 대신하여 이곳으로 왔다면 무엇을 감각하고 생각했을지, 그녀가 무엇을 보고 듣고 기억했을지를 상상적으로 복원하는 방식으로 쓰인다. 그 가운데 삶과 죽음을 가르는 이야기가 거듭 다시 쓰이기도 한다. 까만 눈을 뜨고 어머니를 바라보다 죽은 아기를 아버지가 산에 묻으러 간 사이 어머니의 가슴에서 뒤늦은 젖이 흘러나왔다는 이야기는 오래간 '나'의 생장의 시간을 감싸왔다. 그러나 이제 그녀는 전혀 다른 이야기에 둘러싸여 자라난다. 칠삭둥이로 태어난 그녀는 어머니의 가슴에서 흘러나오는 젖을 물고 조금씩 삼키며 기어코 죽음에서 삶으로 경계를 넘어온다. 이로써 한 인간이 태어나 자란 시간을 감싸온 삶의 서사가 풀리며 다른 세계의 가능성이 새로운 무늬로 다시금 짜인다.

　　흥미로운 것은 「넋」을 포함하여 「갈대숲」과 「흰나비」 「쌀과 밥」 등 후반부로 갈수록 그녀의 이야기에 '나'/작가의 존재감이 점점 더 강하게 드리운다는 점이다. 앞서 1장에서 2장으로 넘어가는 부분에서 '나'가 점점 흐릿해졌던 것과는 반대 방향에서, 2장에서 3장으로 넘어가는 부분은 흐릿해진 '나'를 조금씩 현전케 하는 듯 보인다. '나'는 그녀의 도래를 준비하고 그녀는 '나'의 도래를 준비하는 듯한 방식으로, 소설은 장과 장 사이, 그리고 세계와 세계 사이의 단호한 경계를 흐리고 어루만져 이야기를 부드럽게 움직여낸다. 특히 2장의 마지막에서 흰 김이 오르는 갓 지은 밥을 앞에 두고 기도하듯 앉은 그녀의 모습은 이제 다시 '나'에게 이야기를 넘겨주기 위한 의례를 수행하는 듯하며, 이 장면 전체가 3장으로의 전환을 위해 점점 빛을 꺼뜨리는 일종의 페이드아웃처럼도 느껴진다.[9]

이어지는 3장에서는 다시 '나'가 등장한다. '나'는 어머니가 첫 딸아이를 잃은 뒤 사내아이까지 조산하였다면서, "그 생명들이 무사히 고비를 넘어 삶 속으로 들어왔다면, 그후 삼 년이 흘러 내가, 다시 사 년이 흘러 남동생이 태어나는 일은 생기지 않았을 것"117면이라 짐작한다.

그러니 만일 당신이 아직 살아 있다면, 지금 나는 이 삶을 살고 있지 않아야 한다.

지금 내가 살아 있다면 당신이 존재하지 않아야 한다.

---

[9] 「쌀과 밥」의 경우 한강의 시집 『서랍에 저녁을 넣어 두었다』(문학과지성사 2013)의 가장 앞머리에 실린 시 「어느 늦은 저녁 나는」과 상당히 겹치는 이미지를 보여준다. 기실 『흰』에 실린 여러 이야기에서 인상적으로 그려지는 심상들은 마치 원형과도 같아, 한강의 다른 작품들을 덧대어 겹쳐 읽을수록 해석이 풍부해지는 특성을 지닌다. 관련하여 앞서 다룬 『희랍어 시간』과 『흰』을 연결하여 읽는 것도 가능하다. 이를테면 『흰』 속 '나'를 감싸고 있던 죽은 언니의 이야기는 『희랍어 시간』 속 그녀를 감싸고 있던 위태했던 출생에 관한 일화와 연결해볼 수 있으며, 『흰』에서 언급되는 '나'의 개 백구 이야기는 『희랍어 시간』에서 고통 속에 죽어가다가 그녀를 물어뜯은 백구의 이야기와 겹쳐볼 수도 있다.

어둠과 빛 사이에서만, 그 파르스름한 틈에서만 우리는 가까스로 얼굴을 마주본다.117면

　　때에 따라 '아기' '그이' '그녀' 그리고 '당신' 등으로 호명되는 죽은 언니와 '나'는 현실적으로 하나의 세계에 공존할 수 없다. 그녀와 '나'는 서로의 부재를 전제한 위에서만 생의 가능성을 획득하는 존재이기 때문이다. 그러나 『흰』은 공존할 수 없는 두 존재가 공존하는 하나의 가능세계를 만들어낸다.[10] 고정불변 하는 듯 보이던 삶과 죽음의 경계를 진동하게 하여 두 세계를 오가는 움직임을 만들면서 두 존재의 겹쳐짐을 한권의 책 안에 서사적으로 구현해내는 것이다. 두개의 레이어가 불가해하게 겹쳐 있는 듯한 환시 속에서, 동시에 참이 될 수 없는 두 존재가 모두 참이 되는 조그맣고 희끗한 자리가 마련된다. 그것은 찰나에 불과한, 너무나 연약한 것일지도 모른다. 그러나 『희랍어 시간』이 그러하였듯 『흰』 역시 그 연약함을 비관하며 포기하지 않는다. 소설이라는 형식을 빌려 그 찰나를 가능한 한 정

10　이러한 특징은 『작별하지 않는다』를 연상시키기도 한다. "인선이 혼으로 찾아왔다면 나는 살아 있고, 인선이 살아 있다면 내가 혼으로 찾아온 것일 텐데. 이 뜨거움이 동시에 우리 몸속에 번질 수 있나"(『작별하지 않는다』 194면)라는 화자 '나'의 읊조림처럼, 서울의 병원에 있어야 할 친구 '인선'은 비현실적인 혼으로 제주의 '나'를 찾아와 자신의 어머니 '정심'의 이야기를 전하기 시작한다. 실제로 『작별하지 않는다』의 2부와 3부는 꿈과 현실, 삶과 죽음의 경계가 흐려지며 산 자들의 목소리와 죽은 자들의 목소리가 함께 존재하는 장소이기도 하다.

교하게 빚어내고 섬세하게 감각하기 위해 마음을 다해 애쓸 따름이다.

　　그 애씀에서 독자가 사랑을 감각하게 되는 것, 그러니까 이 소설을 가능하게 만든 것은 사랑이라고 느끼게 되는 것은 필연적이다. 이는 한강의 소설이 사랑을 선언하기보다는 체험하게끔 만든다는 점과도 관련된다. 『흰』에서 '나'는 자신이 태어나기도 전에 세상을 떠난 언니에 대한 마음을 사랑이라 선언하지 않는다. 그것은 막상 언표화되면 비논리적으로 들릴 수 있으며, 논리의 언어에 의해 무력하게 바스라질 수도 있는 마음이다. 다만 '나'는 그녀가 존재하는 세계의 가능성을 구체적으로 상상하고 기억하기 위해 최선을 다할 뿐이다. 그런데 그 가능성이란 그녀가 아닌 '나'만이 존재하는 세계에서 밀어 올려지는 것이기에, 역설적이게도 그 애씀의 과정은 '나'에게 불가피한 영향력을 행사한다. 이를테면 1장의 「배내옷」에서 어머니가 죽어가는 아기를 향해 되풀이하며 중얼거린 "죽지 마라 제발"19면이라는 말은, 생애 유일하게 들은 그 목소리를 몸속에 부적처럼 새기고 살아가는 그녀의 이야기를 지나, 3장의 「작별」에 이르러 지금 여기 '나'의 이야기로 옮겨붙는다. '나'는 어머니가 반복했던 그 말을 읊조리고 힘껏 눌러쓰면서 말한다. "죽지 말아요. *살아가요.*"133면 이제 그 말은 '나'가 '나' 자신에게 들려주고 '나' 자신에게 목격시키는 말이 되며 끝내 독자들에게까지 옮겨붙는다.

그리하여 이어지는 이 책의 마지막 이야기이자 책 전체의 흐름을 압축하는 듯 느껴지는 「모든 흰」에 이르러서는, "그 흰, 모든 흰 것들 속에서 당신이 마지막으로 내쉰 숨을 들이마실 것"135면이라는 조용하고도 단단한 마지막 문장을 마주하게 된다. 이 책에서 유일하게 미래형 문장을 사용하는 이 이야기에서 다짐하듯 건네지는 말들은 미래를 끌어와 이곳에 실현하는 수행적인 발화이다. 당신의 숨을 들이마시기 위해서 '나'는 자신의 살아 있음을, 어쩌면 죄스럽게조차 느껴지던 스스로의 존재를 부정할 수 없게 된다. 그리고 갖가지 흰 것들을 품고 있는 이 세계를 함부로 비관하거나 포기할 수 없게 된다. '나'와 당신의 겹쳐짐, 그리고 산 자와 죽은 자, 기억과 미래의 연결에의 수락은 언제나 곧 산 자가 자신의 살아 있음을 껴안는 행위를 포함해야만 가능하기 때문이다. 그러므로 그것은 의지적이지만 동시에 불가피한 수락이며, 내가 당신을 껴안는 일이지만 동시에 당신이 나를 살려 품는 일이 된다. 능동과 수동을 가로지르는 이 기묘한 얽힘 속에서 한강 문학이 그려내는 사랑이 움직인다.

작가 인터뷰

심장 속, 아주 작은
불꽃이 타고 있는 곳

● 『매일경제』 2024년 10월 11일자에 수록된 기사 「[한강 단독 인터뷰] "고단한 날, 한 문단이라도 읽고 잠들어야 마음이 편안해집니다"」를 옮겼습니다.

한강·김유태

韓　江　소설가, 시인. 장편소설 『검은 사슴』 『그대의 차가운 손』 『채식주의자』 『바람이 분다, 가라』 『희랍어 시간』 『소년이 온다』 『흰』 『작별하지 않는다』, 소설집 『여수의 사랑』 『내 여자의 열매』 『노랑무늬영원』, 시집 『서랍에 저녁을 넣어 두었다』 등이 있음.

金釉泰　『매일경제』 문화부 기자, 시인. 시집 『그 일 말고는 아무 일도 일어나지 않았다』, 산문집 『나쁜 책』이 있음. 한강 작가와의 이 인터뷰로 한국기자협회가 주관하는 제56회 한국기자상을 수상함.

노벨 문학상을 수상한 한강 작가와의 인터뷰 질의서는 2024년 9월 29일 발송됐으며, 첫번째 답변은 일주일 뒤인 10월 6일 이메일로 도착했다. 추가 질의서를 보내고 10월 10일 오전 두번째 이메일이 도착했다. 메일을 열어보고 약 10시간 뒤 한강의 이름은 노벨 문학상을 주관하는 스웨덴 한림원에서 호명됐다. 한강이 보내온 인터뷰 답변을 한강 작가의 목소리 그대로 전한다.

*

김유태(이하 김)　지금 선생님이 위치하신 장소의 풍경이 궁금합니다. 창문 바깥의 풍경엔 어떤 사람들이 지나가고 탁자엔 어떤 사물이 있는지, 또 어떤 책이 펼쳐져 있는지.

한강(이하 한)　지금은 일요일 새벽2024년 10월 6일이라 창밖에 아무도 지나가지 않고 고요합니다. 최근까지 조해진 작가의『빛과 멜로디』문학동네 2024, 김애란 작가의『이중 하나는 거짓말』문학동네 2024을 읽었고 지금은 유디트 샬란스키의『잃어버린 것들의 목록』박경희 옮김, 뮤진트리 2022과 루소의『루소의 식물학 강의』황은주 옮김, 에디투스 2024를 번갈아 읽고 있습니다. 사이사이 문예지들도 손 가는 대로 읽고요. 저는 쓰는 사람이기 전에 읽는 사람이라고 느낍니다. 고단한 날에도 한문단이라도 읽고 잠들어야 마음이 편안해집니다.

김　　에밀 기메 아시아문학상, 메디치상에 이어 포니정 혁신상, 호암상을 연이어 받으셨습니다. '골방의 글쓰기'와 '세상의 찬사' 사이에서 느끼는 소감을 가볍게 말씀해주신다면.

한　　무척 감사한 일입니다. 물론 부담도 됩니다. 하지만 다행인지 불행인지 소설을 쓰고 있다보면 부담을 잊게 됩니다. 짧든 길든 소설 한편을 완성하는 일이 늘 어렵다보니 아마 부담이 들어올 자리가 남지 않는 것 같습니다.

김　　선생님 소설의 시원始原은 「붉은 닻」1994일 겁니다. 갯벌에 점점 잠기던 녹슨 붉은 닻들의 풍경은, 훗날 선생님 소설에 등장할 인물들을 전부 예고하는 하나의 선언적인 메타포로 남게 되었다고 개인적으로 생각합니다. 효용을 다하고 방치된 것들, 변색되다 침잠하는 가련한 생들에 대한 기억이랄까요.

한　　대학을 졸업하고 '샘터'에 입사해 일하던 때 영종도로 직원 수련회를 갔는데, 해 질 무렵 썰물이 빠져나간 모래펄에 녹슨 닻들이 박혀 있는 것을 보고 그 풍경 앞에 서 있는 두 사람의 이야기를 소설로 쓰고 싶다고 생각했습니다. 첫 단편집 『여수의 사랑』문학과지성사 1995에 묶인 소설들을 쓰던 시기에는 고단함에 관심이 있었습니다. 인간이 어떻게 삶을 버티고, 떠나기를 몰래 꿈꾸고, 저마다 홀로 피로와 시련을 감당해내는가 하는 것이 관심사였습니다.

김　　『채식주의자』창비 2007에 관한 질문은 너무나도 많이 받으셨으리라 생각합니다. 하지만 그 질문의 곁에서 질문드리건대 『채식주의자』는 『내 여자의 열매』창작과비평사 2000, 개정판 문학과지성사 2018에서 시작되어 『그대의 차가운 손』문학과지성사 2002을 거친 뒤에 나온 소설이 아닐까 싶습니다. 이들은 아픔을 인식하거나 아픔을 드러내거나(드러내게 되거나) 아픔을 감추려는 사람들입니다.

한　　저에게 소설들은 계속해서 이어지는 어떤 것입니다. 이야기가 이어진다기보다는 질문들이 이어지는데요. 어느 시기에든 골몰하는 질문이 있고, 그 질문을 진척시켜보는 방식

으로 소설을 쓰게 됩니다. 대답을 찾았다기보다는 그 질문의 끝
에 다다랐다고 느낄 때 다음 질문으로 넘어가게 되고요.

김　　　소설은 각 권, 각 작품이 하나의 시공간을 이루는
닫힌 공간이지만 선생님 소설은 상호 연결되는 '선형 공간'이
라는 생각도 들었습니다. 소설로 진입하실 때, 옛 소설의 환영
과 목소리가 틈입하는 순간이 잦으신지도 궁금합니다.

한　　　말씀하신 대로 『채식주의자』는 『내 여자의 열매』
를 변주한 소설이지만, 보통은 새로운 소설을 쓸 때 옛 소설을
염두에 두지는 않습니다. 써놓고 나서 예전의 소설과 연결되는
점이 있다는 것을 깨닫게 되는 경우는 있습니다. 예를 들어 『작
별하지 않는다』문학동네 2021를 다 쓰고 나서 첫 장편소설인 『검
은 사슴』문학동네 1998과 연결되어 있다는 것을 알게 되었습니다.
두 소설의 사이를 이루는 20여년 동안 저는 자연인으로서 무척
많이 변했고 소설들도 마찬가지인데, 어떤 점은 변하지 않았고
그것이 저 자신의 핵심에 속하는 무엇일 수도 있겠다는 생각을
했습니다.

김　　　선생님 소설은 그동안 변화해왔고 동시에 변화하
는 중이라고 생각합니다. 초기작과 달리 중기작(이 표현이 가능
할지 모르겠습니다만)에선 역사성과 지역성이 두드러지는 선

생님의 소설이 독자의 손에서 펼쳐지고 있으니까요. 변화의 중심에는 과거 선생님의 폴란드 바르샤바 체류 경험이 자리한다고 이해되는데, 당시 경험이 작품세계의 변곡점이라고 스스로도 생각하고 계실지요.

한 도시 바르샤바에서 살았던 경험은 『흰』난다 2016, 개정판 문학동네 2018을 쓰는 데에 직접적인 영향을 주었습니다. 낯선 곳에서 가을과 겨울을 보내며 밤마다 『흰』을 조금씩 써간 시간이 참 좋았습니다. 한편 『소년이 온다』창비 2014와 『작별하지 않는다』는 서로 연결되어 있는 짝과 같은 소설입니다. 실제로 『소년이 온다』의 에필로그와 『작별하지 않는다』의 프롤로그 격인 1부 1장은 연결되어 있고, 비슷한 기능을 (현재와 과거, 소설과 현실을 잇는 다리 같은 것으로서) 하기를 바라며 썼습니다. 『작별하지 않는다』는 『소년이 온다』를 출간한 지 얼마 되지 않았을 때 꾼 꿈에서 시작된 소설입니다. 우듬지가 잘린 검은 통나무들이 수천수만그루 들판에 심겨 있고, 그 나무들 뒤편마다 무덤이 있고, 멀리서부터 밀려온 바다가 무덤들을 쓸어가는 꿈이었습니다. 어떤 꿈은 현실에서 경험한 것보다 강한 영향력을 가지기도 합니다. 이 두 소설을 모두 쓰는 데 약 9년이 걸렸는데, 중간에 꾼 그 꿈이 결국 이 두편의 소설을 모두 끌어안고 있다는 생각이 들기도 합니다.

김　결국 한강의 소설을 관통하는 주제는 '기억과 상처'일까요. 한때 「몽고반점」『채식주의자』이 탐미주의 소설로 오독되기도 했는데 당시의 인물들과 최근작의 인물들은 사실 서로 '기억과 상처'라는 심리적인 그물로 연결돼 있습니다. 상처를 복원하고 그것을 문장으로 꿰어 독자들과 공유하는 것, 그렇게 집필된 소설을 독자가 읽는 것은 어떤 힘을 가질까요. 결국 소설의 쓸모와 효용에 관한 질문이 되었는데, 이에 대한 견해를 여쭙고자 합니다.

한　저는 언제나 인간이 어떤 존재인지에 대해, 그리고 산다는 게 대체 무엇인지에 대해 자꾸 생각하는 사람이었던 것 같습니다. 그런 고민을 매번 다른 방식의 소설들로 다루고 싶어했고요. 제 소설들을 읽어주신 분들과 그 암중모색을 나눌 수 있었던 것에 작은 의미가 있었기를 빕니다. 요즈음의 저는 생명 자체에 대한 생각을 자주 하고 있습니다. 생명을 품고 솟아나는 것들에 관심이 생깁니다. 다음 소설에서는 그런 생명의 감각을 다뤄보고 싶습니다.

김　2016년 부커상 수상 즈음 인터뷰에서 "인간이란 주제는 제가 지금까지 소설을 쓴 동력"이라고 말씀하셨습니다.[1]

1　「"소설보다 사는 게 더 고통스러운 일"」, 『매일경제』 2016.4.14.

인간에 대한 질문을 소설이라는 형식으로 '거는' 것은 작가에게 어떤 의미를 지닙니까. '작가의 말' 등 선생님의 과거 말씀을 되짚어보면 작가가 소설을 잉태하는 것이 아니라 소설이 작가를 잉태하는 것이라는 생각도 드는데요.

한　생각하고 서성이고 고민하고 질문하고 길을 잃고 우회하고 되돌아오고…… 그런 일이 소설을 쓰는 일이라고 지금도 느낍니다. 그렇게 질문들을 다루는 방식으로 글을 쓰는 것이라고요.

김　애써 희망하시는 일도 아니고, 또 답변하기도 꺼려지시겠지만 엄연히 다가올 미래라고 생각하여 조심스럽게 질문드립니다. 저는 10년 안에 '소설가 한강'의 이름이 스웨덴에서 호명되리라고 확신하고 있습니다(한강 작가는 인터뷰 직후 노벨 문학상을 수상했다). 이미 유럽은 한강의 이름을 연거푸 외치고 있고요. 한 나라의 문학이 언어의 장벽을 넘어 다른 나라에서 읽히고 너른 공감을 얻는 것은 과연 작가와 독자, 즉 인류에게 어떤 의미를 형성한다고 보십니까.

한　문학이라는 것이 원래 연결의 힘을 가지고 있지요. 언어는 우리를 잇는 실이기도 하고요. 어디에든 읽는 사람들이 존재하는 한 한국 작가들의 작품들이 그 독자들을 만나게 되는 것은 자연스러운 과정이라고 생각합니다.

김　2019년 노르웨이 '미래 도서관'Future Library 행사에서 선생님께서 흰 강보로 묶어 땅에 묻은 책에 어떤 문장이 적혔는지를 궁금해하는 독자가 저만은 아닐 것입니다. 우리가 모두 사라진, 100년 뒤에 공개될 책을 노르웨이의 숲에 묻으셨어요. 100년 뒤의 독자를 생각하면 '쓸쓸하고 막막한' 글인데, 100년 뒤의 독자를 감히 대신하여 여쭙습니다. 그 글이 어떤 글로 기억되기를 바라시는지요.

한　100년 뒤에 그 글이 어떻게 받아들여질지 사실은 잘 모르겠습니다. 그때 인류가 어떤 상황에 처해 있을지도 예측하기 어렵고요. 그 프로젝트에 참가한 후로 미래에 대한 관심이 더 생겼습니다. 인간은 변하는 존재이지만, 동시에 어떤 본질은 변하지 않는 존재이기도 하니까, 변하지 않은 마음들이 그 시공간에 있어서 제 글이 닿을 수 있다면 좋겠습니다.

김　해외 잡지 『프리즈』에서 밝히시기를 앨리스 먼로Alice Munroe, 한나 크랄Hanna Krall, 체스와프 미워시Czesław Miłosz, 페르난도 페소아Fernando Pessoa, 한용운의 책을 언급하셨습니다.[2]

2　Han Kang, "Ideal Syllabus: Han Kang," *Frieze* 2017년 10월호.

선생님께 영향을 준 책들이지요. 아끼시는 작가나 작품을 꼽아
주실 수 있을지요.

한　　저에게 영향을 준 책들이라기보다는『흰』을 쓰던
시기, 그러니까 바르샤바에 머물던 시기에 읽었던 책들의 목록
으로 한정해서 썼던 짧은 에세이입니다. 벌써 10년이 흘러서 이
젠 지금의 저와 아주 가깝게 느껴지는 책은 없네요. 사실 어떤
작가에게 영향을 받았다고 말하기가 참 어렵습니다. 어렸을 때
부터 저에게 작가들은 일종의 집합체처럼 느껴졌습니다. 저마
다 다른 방식으로 자신이 다루는 것들에 골몰해 있고, 뚫고 나
가려 하는 사람들의 집합체요. 그들 전체의 이미지로부터 깊은
영향을, 때로 감동을 받습니다.

김　　선생님 본인의 소설에서 자꾸 돌아보게 되는, 애
착이 가는 인물이 있다면 누구일까요. 과거 글에서 "내 몸에 머
물렀던 소설은 가장 먼저 내 존재를 변화시킨다"작가의 말,『그대의
차가운 손』328면고 하셨으니, 그 인물 모두를 아끼시겠지만 특별
히 자꾸 꺼내어보게 되는 인물은 누구일지 궁금합니다.『채식
주의자』의 '영혜',『그대의 차가운 손』의 L,『검은 사슴』의 '의
선'…… 자꾸만 부축하고 싶어지는 인물이 있다면.

한　　언제나 가장 최근에 썼던 소설에 마음이 머무르기

에,『작별하지 않는다』의 세 주인공에게 지금은 마음이 갑니다. '정심'과 '인선'과 '경하'에게요. 특히 정심은 소설을 쓰는 동안 아침에 눈뜰 때마다 생각했던 사람이라서 아직도 마음이 갑니다.

김　　소설을 쓰고 읽는 행위의 힘, 다시 말해 소설의 역할은 무엇이라고 보시는지요. 거칠고 딱딱하기만 한 세상에서 소설은 어떤 힘을 가질까요.

한　　우리는 일상 속에서 정말 깊은 진실을 보거나 보여주기 쉽지 않잖아요. 친구와 밥을 먹다가 '나는 요즘 산다는 게 뭔지 생각하고 있어'라고 고백하기는 어려운 것처럼…… 꺼내기 쉽지 않지만 표면 아래에서 우리를 흔드는 중요한 감정들, 깊은 의문들, 감각들을 문학이 다루면, 그걸 읽는 사람들은 문득 자신 안에 있던 그것들을 다시 발견하게 됩니다. 읽고 있는 소설 속 사람이 되어보며 자신으로부터 벗어났다가 다시 돌아오는 순간을 반복하면 자아에 틈이 벌어지면서 투명하게 자신을 직시하는 경험도 하게 되고요. 그렇게 소설은 여분의 것이 아니라고, 우리에게 필요한 것, 우리를 연결하는 실 같은 것이라고 생각합니다.

김　　앞서 다음 소설의 주제로 '생명의 감각'을 언급하셨습니다. 현재 집필 중인 소설에 대해 귀띔이 가능할까요.

한　　원래는 여름까지 마무리하려고 했던 소설이 있는데 여러가지 사정으로 미루어졌습니다. 가을이 아직 남았으니 가을 안에 완성해보고 싶지만, 아마도 겨울로 넘어가게 될 것 같습니다. 소설을 끝내는 시점을 스스로 예측하는 것은 언제나 어렵고, 대체로 늘 틀리는 편입니다.

김　　마지막 질문입니다. 어쩌면 이 질문을 드리기 위한 인터뷰였는지도 모르겠습니다. 집필하시는 순간, 선생님이 보시는 '골방의 풍경'이 궁금합니다. 집필 공간으로서의 물리적 풍경이 아니라 '쓰고 있는 순간에 선생님께서 보시는 상태의 정신적인 풍경'이 궁금합니다. 누가 지나가고, 누가 말을 거는지, 또 어떤 일이 벌어지고 있는지.

한　　심장 속, 아주 작은 불꽃이 타고 있는 곳. 전류와 비슷한 생명의 감각이 솟아나는 곳.

빛과 사랑의 언어
한강의 문학을 읽는다

초판 1쇄 발행/2025년 10월 10일

엮은이/한기욱
펴낸이/염종선
책임편집/곽주현 박지영
조판/황숙화
펴낸곳/(주)창비
등록/1986년 8월 5일 제85호
주소/10881 경기도 파주시 회동길 184
전화/031-955-3333
팩시밀리/영업 031-955-3399 편집 031-955-3400
홈페이지/www.changbi.com
전자우편/lit@changbi.com

ⓒ (주)창비 2025
ISBN 978-89-364-6365-6 03810